中公文庫

もぐら伝　～狼《ろう》～

矢月秀作

中央公論新社

目次

もぐら伝　～狼《ろう》～

プロローグ

内間《うちま》孝行《たかゆき》は大分刑務所の正門前にレンタルしたミニバンで乗り付けていた。車を降りて、門の方を見つめている。

隣には渡久地《とくち》泰《やすし》がいた。かつて、沖縄で悪さばかりしていた泰も、今はすっかり更生し、福岡市内でソーシャルワーカーをしながら、社会福祉士の資格取得を目指して勉強している。

格好も粋がったものではなく、ジーンズにジャケット、髪型もサラサラのストレートヘアで、爽やかな大学生か若手サラリーマンのようだった。

「まだですかね」

泰も正門の方を見やる。

と、門の向こうから話し声が聞こえてきた。詰所のドアが開き、丸坊主の男と看守が出てくる。

「お世話になりました」

丸坊主の男が深々と頭を下げた。

看守はうなずき、声をかけた。

「おまえは大丈夫だと思うが、一般社会に戻れば、様々な誘惑に見舞われる。自分をしっかり持って、二度と過去に戻らないよう、がんばれ」

「そのつもりです」

男は笑顔を見せた。

「彼らは？」

看守が男の背後に目を向けた。

男は振り向いた。そして再び、笑みを覗《のぞ》かせる。

「一人は俺の大事な後輩、もう一人は俺の大事な弟。二人とも、前を向いて自分の人生を切り開いている者たちです」

「そうか。なら、問題ないな」

「はい、これから共に歩む大切な仲間です。助け合いながら、進むつもりです」

男の言葉に、看守が深くうなずいた。

男はもう一度、深々と一礼し、振り返った。

「巌《いわお》さん！」

内間が右腕を大きく上げて、振った。

出てきたのは渡久地三兄弟の長男、渡久地巌だった。

巌は違法賭博の管理や放火、敵対する組の構成員への暴力行為などで、禁固七年の実刑を言い渡され、服役していた。

そして今日、刑期を終え、出所となった。巌は仮釈放対象となり、審査が行なわれたが、面接で仮釈放を断わった。

自分が犯した罪をきっちりと清算する。それが真の更生には最も必要だと自認していたからだ。

同じ房にいた受刑者からはあれやこれやと言われたが、巌は気にすることなく、刑務作業に真面目に取り組み、自由時間は読書と体づくりに努めた。

巌はジーンズにポロシャツといったラフな格好をしていた。胸板は厚く、袖から覗く二の腕は筋張って太い。ジーンズに包まれた臀部《でんぶ》や太腿《ふともも》も太く、生地を押し上げている。

収監された七年前より、一回り大きくなっていた。

巌は持ち物を詰めたスポーツバッグを右手に持ち、車に近づいてきた。

「でけえ声で呼ぶなよ。恥ずかしいだろうが」

内間を見て、苦笑する。

「何、言ってんですか！　めでたいんだから、喜びますよ！」

内間が駆け寄り、バッグを取ろうとする。

巌が手を放す。と、内間の腰が折れた。バッグが地面に落ち、ドスッと音を立てた。

「めちゃめちゃ重いじゃないですか！　何が入ってるんですか？」

「本だ。手元に置いておきたい本を詰めてきた。しかし、数が多かったんで、他は中に寄付してきた。それ、おまえが車の中に入れろよ」

巌が言う。

内間は両手でハンドルを持ち、必死に持ち上げ、ミニバンのトランクに荷物を載せる。

巌は内間に向けていた顔を泰に向けた。

「元気そうだな」

微笑《ほほえ》みかける。

「兄さんこそ。とても刑務所にいた人間とは思えない」

泰は笑った。

「兄さんか。島言葉はやめたのか？」

「今は福岡におるけんな。島言葉は通じないんで、自然と使わなくなった」

巌が訊く。

「そうか。がんばってるんだな。社会福祉士の資格は取れそうか？」

「難しいけど、がんばるよ。飯島《いいじま》先生も応援してくれてるし」

泰が言う。

巌は目を細めて、強くうなずいた。

「二人とも、乗って乗って！」

内間は運転席に乗り込み、声をかけた。

泰が後部のスライドドアを開けた。巌が乗り込む。泰も隣に座った。

ドアが閉まると、車はゆっくりと走りだした。

「巌さん、湯布院《ゆふいん》の温泉旅館を取ってあるんですけど、そこでいいですか？」

内間がバックミラーで後ろを見て、話しかける。

「そんなことしてくれなくてもいい。空港まで送ってくれ」

「まあ、そう言わずに。長い務めで疲れた心身を癒《いや》してもらいたいって、泰が用意したんですから」

「泰が？」

隣を見る。

「俺も給料もらえる身になったからさ。少しだけ、兄さん孝行しようかと思って」

「俺も、巌さんには世話になったんで、ちょっとですが、出させてもらいました」

内間が言う。

「ちょっとって……。タクシー業界も厳しいだろう」

「あ、俺、タクシー会社は辞めたんですよ」

「そうなのか。何やってんだ？」

「安達《あだち》の姐《あね》さん、覚えてますか？　竜星《りゅうせい》の母ちゃん」

「ああ」

「姐さんが働いてる会社が人材派遣部門を作りましてね。そこに調査部を作るんで、来ないかと誘ってくれたんですよ」

「ほう、調査部か。何を調べるんだ？」

「派遣登録したヤツの身辺調査が主です。あと、派遣先企業のことを調べることもあります。いい加減なヤツを送り込んだり、いい加減な企業に派遣したりすれば、信用に関わりますからね」

「なるほどな。いい仕事もらったじゃないか」

「ほんと、安達の姐さんと、後押ししてくれた楢山《ならやま》さんには感謝してます」

「楢山さん？　楢山さんは竜星の母親と結婚して、苗字変わったんじゃないのか？」

「そうなんですけど、今さら安達さんと呼ぶのもなんかしっくりこないんで、みんなそのまま楢山さんとか楢さんって呼んでるんですよ」

「それもそうか」

　巌は笑った。

「兄さん、これからどうするんだ？」

泰が訊いた。

「二、三、考えちゃいるが、まだこれと決めたわけじゃない。一度、島に戻って、ゆっくり考えようかと思ってる」

「そうか。急ぐことはないよな」

泰が微笑む。

「剛《つよし》は？」

巌が泰に訊く。泰は少し顔を曇らせた。

「今はもうしゃべることもできなくなった。起きることもなく、俺の呼びかけにも反応しなくなってる」

「そうか……」

巌は少しうつむいた。

巌、剛、泰は沖縄で〝渡久地三兄弟〟と呼ばれ、ワル共に恐れられていた。特に巌の強さは別格で今でも伝説として語りつがれている。

泰が学生の頃、竜星と反目していた。何度となく泰は竜星をやりこめようとしたが、そのたびに返り討ちに遭っていた。

業を煮やした次男の剛は、竜星の母・紗由美《さゆみ》をさらって竜星をやりこめようとした。が、その行為が竜星の逆鱗に触れ、完膚なきまでに叩きのめされた。

以降、剛はその時の恐怖から逃れられず、入院したままとなっていた。

巌は竜星を咎《とが》めなかった。悪いのは弟たちだ。その竜星は、巌が刑務所に入るきっかけとなった事件で巌が窮地に陥った時、危険も顧みず、単身で助けに来てくれた。

以来、竜星や竜星の周りの人たちとは懇意にしていた。

「でも、兄貴はこれでよかったのかもしれない」

泰は少しうつむいて、言葉を紡ぐ。

「兄貴が正気に戻れば、あの性格だから、また竜星を付け狙うかもしれない。島には、兄貴を持ち上げて、渡久地の名前で悪さしようってのがまだ残ってる。そんな連中に巻かれるよりは、今のまま静かに眠っている方が幸せかもしれない」

話しながら、顔を上げて巌を見る。

「剛にーにー、いい顔してんだよ」

泰は笑みを覗かせた。

「どんな夢見てんのか知らねえけど、うっすらと笑ってて、すごく穏やかな顔をしてて。あんな顔の剛にーにー、見たことないし」

泰の目にうっすらと涙が滲む。

巌は泰の肩を抱いた。

「いつか、しっかり目を覚ましたら、別人になってるかもしれないな。それまで、見守ってやろう。俺たち兄弟で」

言うと、泰は強くうなずいた。

「そういえば、竜星はどうしてる？　旅に出たと聞いてたが、帰ってきたのか？」

内間に声をかけた。

内間が顔を曇らせた様子が、バックミラーに映る。隣を見ると、泰も深くうつむいていた。

「なんだ？　何かあったのか？」

巌が内間と泰を交互に見やる。

内間が口を開いた。

「竜星……行方不明なんですよ」

予想もしなかった返答に、巌は声を失った。

第一章

1

成田空港近くにある二階建ての一戸建て一階のリビングルームに、米光健吾《よねみつけんご》とその仲間の男女が七人、詰めていた。

全員がスーツ姿だが、サラリーマンといった風情ではない。起業家や投資家の集まりという雰囲気だった。

二階には部屋が三つあり、一部屋に二人ずつ、女性が泊まっている。歳の頃は、十八歳から二十四歳。六人は、明日の早朝出発のシンガポール行きの飛行機に搭乗する予定だった。

一人の女性が二階から降りてきた。梨々花《りりか》という名前で、ウエーブのかかった栗色の髪をなびかせ、タイトなスーツに包まれた腰を揺らしながら、米光のところへ戻ってきた。

米光の右手にある一人掛けソファーに腰かけ、脚を組んで、ふうっと息をつく。

「どうだった？」

米光が訊いた。

「ちょっとまずいわね」

梨々花は電子タバコを取って、ホルダーにスティックを挿入した。加熱されたスティックのフィルターを唇に包み、蒸気を吸い込み、吐き出す。

薄い白煙が少し宙を舞って、消えた。

「誰が騒いでんだ」

「鎌田希美《かまたのぞみ》って子。現地の受け入れはどうなってるんだとか、バイト先の斡旋《あっせん》業者から詳細が届かないだとか、まああれこれと細かくて。それが同室の子から、他の部屋の子にも伝わってしまって、他の子たちもあれこれ不安を口にするようになってる」

梨々花がタバコを吹かす。

「シメてきましょうか？」

男の一人が言う。

「やめときなよ。一晩乗り切って、あとは飛行機に乗せればいいだけだから」

梨々花は男を見上げた。

「とにかく、騒ぎになるのが一番面倒。君たちは、彼女たちが逃げ出さないよう、出入口と外を見張っててくれればいい」

梨々花が言う。

男は米光を見た。米光がうなずく。男はうなずき返して、他の男たちを見た。男たちは全員が首肯《しゅこう》して、部屋を出て行った。

梨々花以外の女二人は、階段下のエントランスとキッチンに向かった。エントランスにいる女は、二階から降りてきた女性たちの監視役、キッチンの女は監視に加え、凶器を持たせないために包丁などを管理する役割もある。

「どうする？」

二人になり、米光が訊いた。

「またあとで様子を見てくるわ。朝までちょこちょこ見に行けば、どこかで寝るでしょう。寝なくても、一睡もしていなければ、逃げる気力もなくなる」

梨々花が笑い、壁にかかった時計を見た。

午前零時を回ったところ。あと八時間ほどで、女性たちをシンガポールへ送り出せる。

梨々花は米光と組んで、ワーキングホリデーのエージェント会社を経営していた。

ワーキングホリデーという名目は間違っていない。応募してきた女性を現地に送り、語学学校に通わせ、仕事も斡旋している。

だが、問題はその〝斡旋される仕事〟だった。

梨々花たちの会社では、応募してきた女性には〝飲食店の仕事〟と紹介している。しかし実態は夜の街の仕事で、ほとんどの者が風俗で働かされることになる。

梨々花が米光にワーキングホリデーの会社の設立を持ち掛けたのは三年前のこと。梨々花自身が、借金を相殺《そうさい》するために外国へ売られたことがきっかけだった。

初めは悲しくて、悔しくて、いっそのこと死んでやろうと思ったこともあったが、何度か客を取ると抵抗感もなくなり、容姿がよかったこともあって、借金はみるみるなくなっていった。

帰国した梨々花は、これは商売になると思い、かつて、地元で遊びまわっていた時の仲間である米光に声をかけた。

米光は腕っぷしだけが自慢の、半グレのような男だった。梨々花が声をかけた時も、大した仕事はしていなくて、金欠でフラフラしている状況だった。

米光はすぐ梨々花の話に乗った。

米光は、国内外でトラブルが起こった時の処理を任されていた。梨々花が設立した会社では副社長の肩書をもらっている。

米光は逃げようとした女性を監禁したり、内情を暴露しようとした女性を脅したりしていた。

また、外国の仲介者が金をちょろまかしたり、逃げたりしたときは、海外にまで出向いて、相手を追い込んだ。

梨々花と米光の名前は、裏の同業者の間では少し知られるようになり、小規模な会社や個人が買収を持ち掛けてきたり、現地での交渉がスムーズになったりと、東南アジア圏ではネットワークを築きつつあった。

「ねえ、健吾。ちょっと別の話なんだけどさあ」

「なんだ？」

米光は下卑た目で、梨々花の体を舐めるように見やった。

「つまんないモノ、おっ勃《た》ててんじゃないよ」

梨々花が冷ややかに見返した。

米光は舌打ちし、脚を組んで、体を横に傾けた。

「あんた、リュカントロプルって聞いたことある？」

「なんだ、そりゃ？」

米光が首を傾げた。

「ラテン語なんだけど、日本語では狼男《おおかみおとこ》とか人狼《じんろう》って意味」

「狼人間の話か？　なんだよ、いきなり。ホラー話には興味ねえぞ」

米光は不機嫌そうに眉を上げる。

「ホラーみたいな話だけど、そうじゃないのよ。同業者から、ちょっと妙な噂《うわさ》を聞いてね」

「噂？」

米光が訊き返すと、梨々花はうなずいた。

「私らみたいに女の子を集めているところを急襲して、女の子をさらっていくヤツがいるらしい」

「ああ、なんか聞いたことはあるが、商売敵だろ？」

「だったらいいんだけど、そうじゃなくてさ。女の子たちはどこかに消えたまま。女の子たちを監禁していた人たちは半殺しにされて、精神に異常をきたした者もいる。生き残った連中に話を聞くと、たった一匹の狼人間に襲われた、と」

梨々花が真顔で言う。

米光も一瞬真顔になったが、すぐに笑いだした。

「そりゃ、おまえ。やられた連中が錯乱して、適当なこと言ってんじゃねえのか？」

「だったらいいんだけど、ちょっと気になってね……」

「何を気にしてるんだ？」

「都市伝説かと思ったんだけど、こないだ同じ仕事をしてた私の知り合いも、知らない間に消えちゃったんだよね」

「ヤバくなって逃げたんじゃねえか？」

「それなら、どこからか噂が聞こえてくるはずなんだけどね」

「気にしすぎだって。どこかのバカが、自分たちがやられたのを隠すのに、つまらねえ嘘を——」

話していると、玄関の方から突然、けたたましい音が響いた。

米光と梨々花はびくっとして、上体を起こした。

「何……？」

梨々花がドアの向こうを見つめる。

米光が立ち上がった。ソファーを回り込み、玄関へ向かおうとする。

その時、リビングのドアが飛んできた。米光は両腕で顔面をカバーして顔を伏せ、背を丸めた。

重い何かが転がるような音がした。足に何かが当たる。米光は足元を見た。

目を見開いた。玄関を見張らせていた仲間だった。

鼻の頭が顔にめり込んでいた。口元は血まみれになり、白目を剝《む》いて、痙攣《けいれん》している。

バキッとガラスを踏む音がした。

米光はガードを解いて、顔を起こした。

ドアの向こうに男が立っていた。サイズの大きな苔色《こけいろ》のくすんだパーカーを着て、ジーンズを穿《は》いている。フードを深く被り、少し顔をうつむけているので、はっきりと顔は見えないが、全身からは鳥肌が立つほどの殺気が漂っていた。

「てめえ……何者だ？」

米光は拳《こぶし》を軽く握った。

男は問いには答えず、口を開いた。

「おまえがヤングツアラーの社長か？」

ヤングツアラーというのは、米光が副社長を務める会社の名前だ。

「だったら、どうだってんだ？」

米光は顎《あご》を上げ、男を見下ろした。

「嘘つけ。ヤングツアラーの社長は女性だろう？」

男が少し顔を上げた。フードの奥にある両眼が米光の背後に座っている梨々花に向く。

「社長に用がある。関係ないなら、おとなしくしてろ」

男は梨々花を見据えたまま、歩きだした。

米光の前を過ぎようとする。

「こら、待て」

米光がフードをつかんだ。

男の膝が少し曲がり、体がかすかに沈んだ。その膝が伸びた瞬間、米光の体が大きく舞い上がった。

顎を撥《は》ね上げ、血をまき散らしながら、海老《えび》のように仰《の》け反《ぞ》る。

男の右腕が天を突くように伸びていた。

梨々花はあんぐりと口を開けた。

男はアッパーを放っていた。が、いつ放ったのかまったくわからなかった。魔法でも使ったのかと思うほどの速さだ。

しかも、大柄な米光の体が宙に浮いて、ソファーを越えて飛んでくる。

よく、ドラマや映画でそういうシーンは目にする。しかしそれは大げさな映像表現で、実際にはありえないものだと思っていた。

梨々花も平和に生きてきたわけではない。暴力沙汰の場面には何度も遭遇しているが、ただの一度も、人間が舞い上がる喧嘩など見たことがなかった。

目の前で起きていることに現実味がない。スローモーションに映る光景は、夢でも見ているようにぼんやりとしていた。

米光の体が背中から落ちてくる。白目を剝いた米光の顔が目の前をよぎった。次の瞬間、米光の体がテーブルに落ち、天板が砕けた。

その音で、梨々花は正気に戻った。寒気が爪先から脳天まで突き抜け、体が硬直した。

男がソファーを飛び越えてきた。着地と同時に、米光の腹を踏む。米光は呻《うめ》いて、血の混じった胃液を吐き出した。

その体液が、梨々花の脚とスカートにかかる。

「おまえが社長だな？」

男は左手を伸ばした。梨々花の細い首をつかむ。

梨々花は息を詰めて、男の手首を握った。

「おまえが送り出した女性たちのデータと、おまえと同業の連中のデータ、受け入れ先の斡旋業者のデータを渡せ」

男が首を絞める。

梨々花は首を何度も何度も縦に振った。

と、騒ぎに気づいた女の子たちが二階から駆け下りてきた。

状況を目の当たりにした一人の女性が、悲鳴を上げる。

「静かに！　僕は君たちを助けに来たんだ」

男は梨々花を見据えたまま言った。

しかし、女性たちからすれば、男は留学エージェント会社の女性社長を襲っているようにしか見えない。

一人の女性が、近くにあった雑誌の束を両手に取った。駆け寄ると同時に、男の後頭部を殴る。

男の上体が前のめりになった。女性はもう一度、殴ろうとした。

男が振り返りざま、右手の裏拳で雑誌を弾《はじ》いた。女性の手から離れた雑誌がばらばらと宙を舞って落ちる。

男はフードを少しずらし、顔を上げた。

女性は目を見開いた。

「……竜星君？」

すると、女性の目が男の背後に向いた。女性は息を止めた。

梨々花は男の視線が離れた隙に、足元に落ちた天板の欠片《かけら》を握っていた。その尖端で男の左二の腕を刺した。

男は梨々花に顔を戻した。

梨々花が少し片笑みを浮かべている。

男は梨々花を静かに見下ろし、頬《ほお》に平手打ちを食らわせた。

梨々花が呻いた。首が傾き、切れた口から血が飛ぶ。

「希美さん、他の女の子たちを連れて、ここを出てください。こいつら、あなたたちをシンガポールに送り込んで、夜の街で働かせようとしていたんです」

「嘘でしょ？」

「僕の調べに間違いはない。急いで。こいつらの仲間がここへ集まる前に！」

男が強い口調で言う。

梨々花が顔を起こして男をにらむ。男はまた梨々花に平手打ちを入れた。

希美は逡巡《しゅんじゅん》した様子で男と梨々花を交互に見やった。が、やがて意を固め、振り返った。

「みんな、ここから出るよ！」

希美が声をかける。女の子たちは、急いで二階へ戻っていった。

「竜星君」

「僕は大丈夫。希美さんも急いで」

「大丈夫って、どうするつもりよ！」

「僕はこいつの仲間が集まってきたところで」

梨々花を見据える。

「潰します」

男の両眼が吊り上がった。

血走った眼が赤く光る。それはまさに人を喰らわんとする獣人のようだった。

2

安里真昌《あさとしんしょう》は東京へ来ていた。

真昌は巡査部長となり、現在は沖縄県警刑事部組織犯罪対策課に所属している。

今は、刑事研修で警視庁に出向していた。

指導員は益尾《ますお》徹《とおる》だ。

益尾は警部に昇進し、それと同時に警視庁の組織犯罪対策部組織犯罪対策総務課に籍を置き、組対部の全般の捜査に関わると同時に、後進の指導も行なっている。

本来、総務課の職員は指導や管理に従事するのだが、益尾は豊富な現場経験も買われ、時折、捜査にも駆り出される特別な位置にいた。

この日、益尾は組対第一課の捜査員十名に真昌と自身を加えて、外国人組織のアジトの摘発に向かっていた。

対象の組織は、日本、中国、フィリピン、タイ、シンガポールなど、アジアの国の者が中心となって結成された混成組織で、主に売春の斡旋を生業《なりわい》としていた。

外国から日本に売春目的の女性を送り込んでくることもあるが、今は、日本の女性が外国へ売春目的で送り出されることも多い。

彼らはネットワークを作り、自分たちのルートで女性を行き来させ、現地の売春組織に女性たちを売っていた。

アジトは池袋の中心街から一駅離れた場所にある東池袋のはずれにある。古びた五階建てのビルを棟ごと買い取り、そこを事務所と売春斡旋所として使っていた。

益尾たちは車三台で現場へ向かっていた。二台はすでに現場付近に到着し、ビルの周りを固めている。

益尾と真昌を乗せた車も、まもなく現場へ到着するところだった。

後部座席に乗る益尾は、隣の真昌に目を向けた。

真昌は太腿の上に手を置いて拳を握り、助手席のヘッドレストを睨《にら》んでいた。

「真昌、肩の力を抜け」

「抜いてますよ」

という真昌の双肩が上がる。

「一応、指導も兼ねているから言っておく。どんな現場にも危険はつきものだが、手順を踏めば、そこまで危ない目には遭わない。島でもそうだろう？」

「それはそうですが」

「それに、我々だけでなく、所轄署にも応援を要請している。総勢三十名を超える警察官で着手することになる。相手もバカではない。敵《かな》わないとわかれば、抵抗もしない」

「わかってますけど」

そう言って吐いた鼻息が荒い。

「東京だからって、緊張することはないんだぞ」

益尾は笑みを浮かべた。

「別に、東京だからって気にしてませんよ。東京なんて、たいしたことないですから」

真昌は強がったが、警視庁へ来て以来ずっと、あきらかに都会の空気に圧倒されている様子を益尾は見てきた。

なので、摘発現場に真昌を連れてきた。

本来であれば、出向中の他府県警察官を、危険な現場へ同行させることはない。

もちろん、力量がなければ、指導とはいえ現場へ連れて行くことはないが、益尾は真昌の実力をよく知っている。

久しぶりに会った真昌は鍛錬《たんれん》を怠っていなかったようで、体が一回り大きくなりつつも締まっていた。

眼力も鋭くなり、すっかり刑事の顔になっている。

あとは、どこのどんな現場にも気圧《けお》されないメンタルの強さを持てば、真昌は一気に伸びていくだろう。

車が所定の位置に到着した。真昌は大きく息を吸い込み、口を丸めて、ふうっと吐き出した。

益尾は真昌の様子を横目に見ながら、スマートフォンを取り出した。番号をタップし、耳に当てる。

「吉井《よしい》、三班到着した。現況は？」

益尾が訊く。吉井は益尾の部下だ。

――やっこさんら、最上階の事務所に全員顔を揃えていますよ。

「わかった」

益尾はスマホを握ったまま、運転席左に取り付けてある車載無線機のマイクを取った。

「こちら、益尾。二分後に着手する。全員、配置に付け」

命令を下すと、マイクを前席の刑事に渡し、車を降りた。真昌も降りる。前席にいた刑事たち二人も降りてきた。

「よろしく」

益尾が言うと、前席から降りた二人の刑事は首肯し、ビルの方へ走っていった。

ビルの出入口は正面玄関と裏の非常階段しかない。正面から五名、非常階段から五名の刑事が同時に最上階まで上がり、一斉に事務所へ踏み込む。

左手の並びのビルは高さも同じで、隙間は狭い。そのビルの屋上には所轄の警察官を五名配置している。

他の警察官はビルを取り囲むように路上に待機し、益尾たちが踏み込んだ後、各階の踊り場に上がり、下への逃走経路を塞ぐことになっている。

益尾と真昌は、少し離れた場所で全景を見ながら、幹部たちが逃げないか監視する役目だ。益尾は現場の状況を見て、指示を下す役目も担っている。

益尾の手には、携帯無線機が握られていた。

「俺も行かなくて、大丈夫ですか？」

ビルの方を見ながら、真昌が訊く。

「君は沖縄県警から預かっている人間だからね。さすがに現場への踏み込みはさせられない」

「平気ですよ」

「君は良くても、こっちが困る」

益尾が苦笑する。

刑事たちが時間通りにビル内へ踏み込んでいった。所轄の制服警官が続く。

真昌はその様子をじっと見ていた。

「真昌、この場合、犯人の逃走経路で考えられるのは？」

益尾はビルに目を向けたまま訊ねた。

「正面玄関、非常階段、屋上から隣のビルへの移動、途中階のフロア、もしくは部屋からの隣ビルへの移動、低層階では窓からの飛び降り、ロープ等を用意していれば、壁伝いに降りてくる、といったところですか」

真昌が答える。益尾はうなずいた。

「いい見立てだ。注意する点は？」

「ビル周辺の状況、ですか」

「そうだが、何に注意する？」

話していると、車が二台脇を過ぎた。一台はSUV、もう一台はトラックだった。

真昌は少し避《よ》け、車を通した。おがくずの匂いが漂い、立てた板の隙間から綿埃《わたぼこり》のようなものが舞って、真昌と益尾の顔にまとわりついた。トラックは廃材を運んでいるようだ。

車は通りを進んで、ビルの裏側に左折して消えた。

質問の答えを考えていると、益尾が突然、車に向かって走った。

「真昌、乗って！」

益尾が言う。

真昌は急いで車に戻り、助手席に乗った。シートベルトをしていると、益尾が車載無線機のマイクを取った。

「こちら、益尾。地上班、今しがたビルの裏手に回ったトラックとSUVの進路を塞げ。吉井、急いで踏み込め！」

命じると、益尾がエンジンをかけた。

「どうしたんですか！」

「組対部が扱う犯罪者は、時に、こちらが予想もしない手段で逃走を図ろうとする」

益尾はギアをドライブに入れて、アクセルを踏み込んだ。スキール音と共に白煙が上がり、急発進する。

真昌は思わず、ドア上に取り付けられている手すりを握った。

直進して、ビルの角を左折する。トラックとＳＵＶは、ビル壁にぴたりと張り付くように停車していた。

その周りをパトカーが三台、取り囲んでいる。

ＳＵＶから男が三人ほど降りてきて、いきなり三台のパトカーの運転席に近づき、なにやらまくし立てている。

益尾はトラックの側面に並んでいるパトカーの横に車を停めた。窓から顔を出し、ビルの上を見る。

真昌も同じように窓を開けて、上を見やる。驚いて、目を見開いた。

最上階の窓が開いていた。窓枠から男が姿を見せた。足をかけ、飛び降りようとしている。

「真昌、トラックのドライバーを押さえてこい」

「了解！」

真昌はシートベルトを外すや、車外へ飛び出した。トラックの運転席へ走る。手には伸縮警棒を握っている。

トラックのタラップを踏んで、伸び上がると同時に、警棒の尖端をトラックの窓ガラスに叩きつけた。

一瞬にして、窓ガラスが真っ白になるほどひび割れた。

もう一度、警棒で殴る。窓ガラスが粉々に砕けた。

真昌は警棒を離した。ストラップが手首にかかり、ぶら下がる。窓枠に手をかけ、警棒がぶら下がっていない左手を運転席に突っ込んだ。

上体を伏せていたドライバーの襟首をつかむ。

「警察だ！　降りてこい！」

真昌が警棒をぶら下げた方の手を、ドアロックのスイッチに伸ばそうとした時だった。

助手席の外国人が起き上がった。手に、黒い塊を持っている。

いきなり、発砲音が轟《とどろ》いた。

それを合図に、パトカーに群がっていた三人の男たちも懐に手を入れ、銃を引き抜いた。

真昌はとっさに頭を引っ込めた。飛び降りて後転し、立ち上がる。

トラック内にいた外国人は、二発、三発と連射した。

男がビルから飛び降りた。ボスッという音と共に、トラックが揺れる。

真昌はとりあえず、すぐ近くのパトカーの運転席に銃口を向けている男の下に走った。

走りながら伸縮警棒を振り出す。

気づいた男が、銃口を真昌に向けた。

真昌は背を低くし、下から警棒を振り上げた。男の腕を警棒が打つ。男の腕が跳ね上がり、暴発音が轟いた。

真昌はがら空きになった懐に警棒を突き入れた。同時に男の右腕をつかむ。男が呻き、前のめりになった。

「日本で銃ぶっ放してんじゃねえよ！」

左膝を振り上げる。膝頭が男の鳩尾《みぞおち》にめり込んだ。男は目を剝き、息を詰め、その場に崩れた。

真昌は銃をもぎ取って、手を離した。男が足元に沈む。

複数の銃声がした。真昌はとっさに奪った銃を構えた。

他の二人の男が路上に転がっていた。見ると、益尾が男たちに銃口を向けていた。

益尾は二発で、男たちを仕留めていた。パトカーから出てきた警察官が、倒れた男たちを拘束する。

また、トラックが揺れた。誰かが飛び降りたようだ。

真昌は銃を握ったまま、再びトラックに駆け寄った。

すると、トラックのエンジンがかかった。

「バカ野郎！　出す気か！」

最上階の窓枠には、男が身を乗り出していた。

しかし、サイドミラーで真昌を確認したドライバーはアクセルを踏んだ。

トラックが動き出す。最上階の男が飛んだ。

「停まれ！」

真昌が猛ダッシュした。その横をすごいスピードで車が横切る。益尾だった。車は二百七十度回転して、トラックの行く手を塞いだ。

「益尾さん！」

真昌が叫んだ。

トラックのフロントが車の側面にぶつかった。スピードが出ていなかったからか、トラックのタイヤが少し車に乗り上げて、止まった。

その荷台に飛び降りた男が落ちた。

真昌はトラックに走った。運転席のドアを開けると、銃口を向けた。

「降りてこい、こら！」

真昌は怒鳴った。

ドライバーは真昌の迫力に気圧され、両手を上げた。

腕をつかんで、引きずり下ろす。ドライバーはそのまま路上に倒れた。そこに制服警官が駆け寄り、拘束する。

タラップを上がり、助手席に銃口を向けた。

「ぶちくるさるんどー、やー！」

思わず、島言葉が出てしまう。

助手席の男は銃口を真昌に向けた。真昌は迷わず発砲した。助手席側のドアが砕ける。

男は首を引っ込め、たまらず両手を上げた。真昌は腕を伸ばし、男の手に握られている銃をもぎ取った。

助手席側のドアが開いた。制服警官が男を引きずり出す。

真昌はすぐさまタラップを降りた。

「益尾さん！」

車に走り、運転席を見る。エアバッグが開いているが、運転席に益尾の姿はない。ドアが若干開いている。

「益尾さん！」

「ここだ」

益尾の声がした。

トラックの下を覗く。

益尾は路上にうつぶせていた。顔を起こし、真昌に目を向ける。

「トラックの側面に回ると同時にドアを開いて飛び降りたんだけどね。いやあ、危なかった」

　益尾が微笑む。

「危なかったじゃないですよ……」

　真昌は力が抜け、その場に座り込んだ。

　次々と所轄の応援がトラックの周囲に集まる。荷台に飛び降りた幹部たちも拘束されていく。

　ビルの上を見上げると、飛び降りようとしていた男が吉井たちに捕まり、部屋に引き戻されていた。

　益尾がトラックの下から出てきた。スラックスが少し擦り切れ、上着も汚れてはいたが、怪我はほとんどなかった。

　真昌も立ち上がる。

「申し訳ない。一番危険な現場に立ち会わせてしまったね」

「いえ、このくらいは平気です。それより、なぜこのトラックとＳＵＶが怪しいと思ったんですか？」

　真昌が訊いた。

「綿埃とおがくずの匂いだよ」

「どういうことです？」

「家庭用廃材を運んでいるなら、マットや布団の綿埃だけが舞う。おがくずを積んでいるなら、建築廃材。その二つを同じ荷台に載せているのはおかしな話だ。建設現場で仕事をしてきて、引っ越しを手伝ったようなものだからね。であれば、目的は一つ。クッションに使うため、マットやおがくずを荷台に詰め込んだ」

「一瞬でそこまで！」

真昌が目を丸くする。

「もちろん、確証はなかったが、可能性があると感じた時には即座に動く。組対部が相手にする犯罪者は手練《てだ》れも多い。一瞬の遅れが逃走を許したり、自分の身を危険に晒《さら》したりする。外れてもかまわないから、感じた時には動くことだ」

益尾が言う。

真昌は深く首肯した。

3

逮捕者からの事情聴取を終えた真昌は、益尾と共に本庁を出た。

タクシーで新橋に向かう。益尾が食事に誘ってくれた。

「お疲れさん。外国人の取り調べはどうだった？」

益尾が話しかける。

「やりにくいですね。通訳を入れても、都合の悪いところはすっとぼけるし、わけのわからないところで喚《わめ》きたてるし。スマホを手元に置いて、自動翻訳もしていたんですけど、とても追いつかなくて」

真昌はため息をついた。

「そうだね。通訳要員の不足は、以前から問題になっている。特に、アジア圏の通訳者不足は深刻だ」

益尾の口からもため息がこぼれる。

来日外国人の増加に伴い、彼らに関わる犯罪捜査において、様々な問題点が浮上していた。

通訳は、英語や中国語については必要な要員を確保できるが、タガログ語やウルドゥー語などのアジア圏の通訳者は圧倒的に不足している。

その国や宗教上の慣習がわからず、無用に彼らを怒らせ、取り調べに支障をきたすこともある。

身元確認についても、そもそも戸籍制度が整っていない国も多く、押収した旅券が偽造だった場合、本名や所在がわからないといった事態に直面することもある。

指紋照合で本人だと判明することもあるが、偽造旅券が複数あったり、本国でも多数の名前を使っていたりして、どれが本名なのかわからないこともある。

また、近年では、外国人犯罪者が犯行後まもなく、国外逃亡する事案も増えていた。

今回のように、国内で組織の幹部をまとめて検挙できる事例はめずらしい。

「外国人犯罪については、法改正も含めて、抜本的な対策が必要だね」

益尾は運転席のヘッドレストを見つめた。

真昌も深く首肯した。沖縄もインバウンドの観光客が増え、他人《ひと》ごとではなくなっている。

「やっぱ、英語ぐらいはできないとダメかなあ……」

真昌がぼそりと言う。

「ダメということはないけど、できたほうがいいだろうね。まあ、僕も人に自慢できるほど話せるわけでもないから、結局のところ、通訳さんを頼ってしまうんだけどな。話せないまでも、相手の話を理解するには役に立つ」

「英語なあ……」

真昌はため息をついた。

「無理することはないよ」

益尾は笑って、話を続ける。

「ただ、真昌はまだ耳がいいだろうから、勉強するなら早い方がいい」

「耳ですか?」

真昌が益尾を見る。益尾はうなずいた。

「英語だけでなく、言語を習得するとき、ポイントとなるのは耳だ。外国語は母音が細かくて、日本人には聞き取りにくい音もあるからね。それが聞き取れるうちに学んだ方が上達する」

話していると、タクシーが目的地に到着した。真昌が先に降り、続いて益尾が料金を払って降りてきた。

真昌は歩道の隅に立って、益尾を待っていた。

「なんで、そんな端っこにいるんだ?」

益尾が真昌を見やる。

「人が多くて」

歩道を見渡して、苦笑する。

「慣れないと、そうだろうな」

益尾は歩道を横切り、地下への階段を降りていく。真昌もついていった。

狭い階段を降りると、引き戸があった。益尾が顔を覗かせる。

「いらっしゃい。ああ、益尾さん」

出迎えた中年女性が笑顔を見せる。

「奥の個室にどうぞ」

女性が言う。

益尾は慣れた様子で、カウンターの後ろを通り、右奥へ進む。

真昌は女性に会釈《えしゃく》して、益尾に続いた。益尾は上がり框《かまち》で止まった。

「先に入って。靴はそのままでいいから」

益尾が言う。

真昌は革靴を脱いで、襖を開けた。

と、いきなり声が飛んできた。

「おそーい！」

真昌はドキッとして、上がり框を上がったところで突っ立った。

「あ、木乃花《このは》ちゃん！」

真昌の顔が赤くなる。

隣には木乃花の母の愛理《あいり》もいる。

「こんばんは」

「ご無沙汰してます」

真昌が頭を下げる。

益尾が入ってきた。

「ごめんごめん。二人が真昌に会いたいって言うんで呼んだんだが、せっかくだからサプライズにしようと木乃花が言うものでね」

「サプライズだったでしょ?」

木乃花が満面の笑みを向ける。

「そうだね」

真昌はますます赤くなってうつむいた。

益尾と愛理は見合って微笑んだ。

益尾が奥の席に進む。真昌は木乃花の前に座った。

ワンピース姿の木乃花は、背筋をピンと伸ばして座っていた。ロングの黒髪をポニーテールに束ねている。顎先はシュッとしていて、眉や目元がきりっとしている。シャープな顔立ちは愛理にそっくりだった。

木乃花と最後に会ったのは、四年前。中学の卒業祝いに、益尾が家族で沖縄へ旅行に来た時だった。

真昌はちょうど刑事部に配属されたばかりで忙しかったが、一日だけ、内間の運転で紗由美と楢山も一緒に沖縄美《ちゅ》ら海《うみ》水族館に出かけた。

その頃からすでにすらりと背が高く大人びていたが、大学生となった木乃花は、さらに大人になり、美しさに磨きがかかっていた。

「真昌君、巡査部長になったんだってね。パパがすごいことだって言ってたよ」

「いや、別に、試験に受かればいいだけだし」

照れて、肩を竦《すく》め小さくなる。

「いやいや、すごいぞ。二十五歳で受かったんだからね。キャリアでも平均は二十六歳。受験資格があるとはいうものの、ノンキャリアでそれを上回る早さで合格する者はなかなかいない」

「沖縄県警のホープね」

愛理が目を細める。

「いや、ホープとかそんなんじゃなくて……」

ますます小さくなる。

「もう、真昌君、相変わらずかわいいなあ」

木乃花がからかう。

「こら。年上の人にかわいいとか言わないの」

愛理が木乃花に言った。

「ごめんなさーい」

木乃花は両肩を上げて、すまし顔をする。

「腹減ったな。ビールでいいか？」

益尾が真昌に訊いた。真昌はうなずいた。

木乃花が大声でビールを頼む。中年女性が引き戸を開けた。

「もう始めてもよろしいですか？」

「お願いします」

益尾が言う。

「コースを頼んでいたんだが、いいね？」

真昌に訊く。

「はい」

首を縦に振る。そして、室内を見回した。

大人が六人も入ればいっぱいの小ぢんまりとした和室だったが、飾られた花や壁に掛けられた小さな日本画がさりげなく室内を彩り、趣《おもむき》のある落ち着いた風情を演出している。

店の入り口近くにはカウンター席があり、それなりに客もいたが、そちらの声もほとんど聞こえず、静寂なプライベート空間となっていた。

「どうした？」

益尾が訊く。

「いや、こんなところでメシ食ったことがないんで……」

「緊張してるの？」

木乃花がからかうようにニヤリとする。

「島にはこんなところないからさー。いや、あるんだろうけど、俺みたいなのにはあまり縁がなくて」

「つまんないなあ、食べに行くところがないとか」

「そういうわけじゃないさ。おいしいところはいっぱいある。おばあの食堂だったり、地元の居酒屋だったり。地元の居酒屋は、壁に蛇口がついていて、そこから泡盛飲み放題のところもあるんだよ」

「うそ！　行ってみたい、それ！」

木乃花が目を輝かせる。

「二十歳過ぎたら連れて行ってもらいなよ、真昌君に」

愛理が言う。

「そうする！　いいよね、真昌君」

木乃花が首を傾ける。

「ああ……俺はいつでも」

照れてうつむいた。それを見て、益尾と愛理が目を細めた。

「そういえば、木乃花ちゃんは大学生になったんだよね。大学はどう？」

真昌は視線を感じて、話題を変えた。

木乃花はこの春、東京の有名私立大学に入学した。大学生活を謳歌《おうか》しているもの……と思っていたが。

木乃花はため息をついた。

「つまんない」

「どうして？」

思わず聞き返す。

「何しに来たんだろうって人が多くて。授業では寝てる人とかおしゃべりしている人もいて、そういう人に限って、サークル活動とかカフェ巡りばかりしてて。毎日、遊びに来てるんですか？　って感じの人ばっか」

「大学生って、そういうもんじゃないの？」

真昌はつい口走った。

「私は違うよ」

木乃花が睨んだ。美形なだけに、睨まれると少々怖い。

「あ、ごめん……」

真昌は肩をすぼめて、小さくなった。

「そういう学生が多いのも事実だ」

益尾が言う。

「そうね。けど、この頃は目的意識を持った学生も増えているのよ。ただ、そうした学生は海外の大学に進学したり留学したりする子が多いね」

愛理が言った。

「そうなの。私の高校の時の友達もみんな海外に行っちゃった。だから、私も本当は海外の大学に行きたかったんだけど」

「あんたは、英語力が足りなかったから行けなかったんでしょう?」

愛理が木乃花を静かに見据える。

「それはそうだけど……」

木乃花はしゅんとした。

「でも、すごいよ、木乃花ちゃん。外国へ行こうって気があるんだから。俺なんか、考えたこともないし、正直、ビビる」

真昌は笑った。

「ビビるって、どういうことよー」

「英語でしゃべられると、宇宙人に遭ったみたいでなあ」

「ひどーい!」

木乃花も笑う。

「けど、いつかは行けるんじゃないかな、木乃花ちゃんだったら。友達が先に行ってるからって、焦ることないよ。先に行ってるから偉いわけじゃなくて、向こうに行って、何を学んで、何を見つけてくるかだろ？　機会を得た時に、それをモノにすればいいだけだからさ」

　真昌が木乃花を見つめて微笑む。

「そうだね。真昌君に言われると、そんな気がしてくる。ありがとう」

　木乃花に言われ、真昌はまた少し照れた。

　ビールやジュースで乾杯をして、運ばれてきた料理に舌鼓《したつづみ》を打ち、談笑する。東京で緊張しっぱなしの真昌にとって、ホッと息をつける時間だった。

「そういえば、木乃花ちゃん。ワーキングホリデーに行こうとしてるって聞いたけど？」

　真昌が思い出したように訊く。

「ああ、あれ、やめたの」

　木乃花はあっさりと返し、お造りを口に運んだ。

「やめたって？」

「ワーホリいいなあと思ってたんだけど、実際に行った友達が仕事見つからなくて帰ってきたり、エージェントにぼったくられたりって話がいっぱいあったから、やめとこうと思って」

「私たちも説得したのよ。やめときなさいって」

愛理が言う。

益尾が真昌を見やった。

「真昌もいろいろ聞いているだろう？　ワーキングホリデーに関するトラブルは」

「そうですね。島にも国内のワーホリがあるんですけど、思っていた仕事と違うとか、給料が少ないとか、よく揉めてますよ。おばちゃんのところでもそういうトラブルがあるみたいです」

「紗由美さんのところで？」

「ワーホリの人を雇うこともあるみたいなんだけど、コールセンターは大変ですからね。こんな仕事できないって、文句言ってやめていくそうです」

真昌が苦笑する。

「紗由美さんも大変ねえ」

愛理がため息をつく。

「おばちゃんは人材派遣の方が忙しいから、コールセンターの方は任せているらしいんですけど、後輩が何かと相談に来るそうです」

「紗由美さんは面倒見いいから」

愛理が微笑んだ。

「それとさあ。ちょっと怖い話も聞いたんだ」

木乃花がジュースを口にした。ひと息ついて、話を続ける。

「友達の友達の話みたいなんだけど。その子、激安のワーホリエージェントでシンガポールに行こうとしてたんだけど、出発前日にそのエージェントが消えたらしいの」

「消えた？」

真昌が手を止めて、木乃花を見やる。

木乃花はうなずいた。

「噂では、狼に襲われたって」

「狼？」

真昌は首を傾げた。

「私も詳しいことは知らないんだけど、なんでもそのエージェント、自分のところから派遣した人たちに現地で怪しい仕事をさせてたみたいなの。まあまあ、私たちの間では有名な会社だったんで驚いたけど、普通の登録エージェントに見せかけたそういうところもあるらしくて。おかげでその友達の友達は助かったんだけどね」

「狼って、なんなんだよ」

真昌が言う。

「都市伝説みたいなものだと思うけど、なんか他にもいきなり潰れた会社がいくつかあるって聞いているし。で、やっぱり、留学するならちゃんとしたエージェントで行こうと思って」

愛理と益尾を交互に見やる。

「行かせてあげたいけど、うちもそんなに余裕あるわけじゃないから。どうしても行きたいっていうなら、給付型の奨学金を取りなさい」

愛理がびしっと言う。

「わかってます！」

木乃花はふくれっ面で、真薯《しんじょ》を丸ごと口に放り込んだ。

真昌は、益尾と目を合わせて笑った。と、益尾が小さくうなずいた。

真昌は理由がわからなかったが、同じように返した。

4

愛理たちとの会食を終えた後、益尾は妻子を先に帰し、真昌と二人で行きつけのバーに赴いた。

一番奥のボックス席に陣取った。

年季の入った内装だったが、落ち着いた雰囲気のバーだ。十人程度座れるカウンターがあり、ボックス席が四席ある。客はカウンターに少し年配のカップルがいるだけだった。

黒いベストを着た白髪《しらが》のマスターが席に来た。

「今日はお二人ですか？」

「ええ。真昌、こちらはマスターのシゲさん」

「安里真昌です」

真昌が頭を下げる。

「シゲです。益尾さんにはいつもお世話になっております」

そう言い、微笑む。

「彼は沖縄県警の刑事でね。警察官になる前からの知り合いなんですよ」

「そうですか。沖縄ということは楢さんや竜司《りゅうじ》さんの？」

「二人を知っているんですか？」

真昌がシゲを見上げる。

「まだ、お二人が警視庁にいた頃、懇意にしていただいていました」

「そうだったんですか」

真昌がうなずくと、益尾が口を開いた。

「シゲさんのところに妙な輩《やから》が来たところを二人が蹴散らしたんだと。それ以来、ここは警視庁関係者のたまり場になっている。シゲさんにしてみれば、迷惑な話だろうけど」

そう言って、笑う。

「いえいえ、楢さんと竜司さんが出入りするとわかってからは、面倒な人はピタッと立ち寄らなくなりましたからね。それからもこうして警視庁の方々に来ていただけて、この店にちょっかいを出すのはまずいと知れ渡ったことで、トラブルなく営業できています。ありがたいことです」

シゲが目尻に皺《しわ》を刻み、微笑む。

「いつものウイスキーでいいですか？」

「はい、お願いします」

益尾が言う。

シゲは首肯し、カウンターに戻った。

「こういう場所があるんですね」

「まあ、このシゲさんのところは、楢さんたちの関わりではあるんだが、僕らがよく出入りする飲食店はいくつかある。僕らのような仕事をしていると、一見《いちげん》でどこでもというわけにはいかないからね」

「そうですね。うちも行く店は決まってます。ほぼ、楢さんと金武《きん》さんの行きつけですけど」

真昌は笑った。

「それなら間違いない」

益尾も笑う。

シゲがトレーに水割りのセットとチーズの盛り合わせを載せて、戻ってきた。テーブルに置く。

「では、ごゆっくり」

そう言うと、またすぐカウンターに戻っていった。

「いつも、こんな感じで飲んでいるんですか？」

「ほとんどな。仕事の話をすることも多いから。水割りでいいか？」

益尾がグラスを取る。

「あ、俺が作りますよ！」

手を伸ばす。

「いいよ、君はゲストだから、今日は僕が」

「すみません。じゃあ、濃いめで」

「遠慮のないやつだなあ」

益尾は笑い、真昌と自分の水割りを作って、グラスを一つ、真昌の前に置いた。

「では、研修お疲れさん」

益尾がグラスを掲げる。真昌もグラスを持って、合わせた。

一口飲む。喉《のど》の奥が熱くなる。

「これ、おいしいですね。水色のラベルって見たことないなあ」

真昌がボトルを見る。

「ミズナラの樽《たる》で熟成したウイスキーだよ。飲み口が爽やかで、僕はいつもこれを飲んでる」

「へえ。おしゃれだなあ、東京は」

「沖縄にもあるよ」

益尾は笑って、もう一口飲んだ。そして、グラスを置くと真顔になった。

「さっき、木乃花が狼の話をしていただろう？」

「はい。でも、都市伝説でしょ？」

「そうでもないんだよ」

益尾が声を潜めた。

「先日、千葉県警からある報告が届いてね。成田空港近くにあったワーキングホリデーのエージェントの会社が、何者かに襲われ、多数の重傷者を出した。事件自体は、なくもない一事案なんだが、気になる情報がある」

益尾は一口、水割りを飲んだ。そして、話を続ける。

「翌日早朝に出発するため宿泊していた女性が、そこの社長たちが狼について話しているのを聞いている。そして、そのあと、何者かが侵入してきて、社長以下、従業員を叩きのめした。入院している者たちはみな、その男のことを〝狼〟と呼んでいる」

「男だったんですか?」

　真昌の言葉に、益尾がうなずく。

「パーカーを着た若い男だったそうだ。その男は目にも止まらぬ速さと圧倒的なパワーで、そこにいた会社の者たちを次々と倒し、出発を控えていた女性たちを解放した。その会社、ヤングツアラーは、以前から、海外へ売春目的の女性を送り出していたのではないかと疑われていた会社で、入院した従業員の何人かは、その事実を認めた。結果、女性たちは助かったわけだが」

「その狼と呼ばれている男は、女性たちを助けているということですか?」

「話だけを聞けば、そうなる。しかし、問題はそこじゃないんだ。彼女たちが解放される前、一人の女性がパーカーの男と何か話していたそうだ」

「グルだったということですか?」

「そうではないらしい。だが、その女性はパーカーの男と顔見知りだったようで、男の名前を口にした。その名前がな……」

　益尾は真昌を見つめた。

「リュウセイという名だったそうだ」

　真昌は双眸《そうぼう》を見開いた。

「まさか……竜星？」

「その宿泊施設にいた女性の何人かは見つかり、任意で事情を聞いているようだが、男と話していたという女性の行方はまだ見つかっていないので、真偽は不明だ。が、緊迫した状況を証言するにあたり、そのような作り話をするとは思えない」

「動きや強さを聞いただけでは、すぐに竜星が思い浮かびますね」

真昌はグラスを握った。

「ワーホリの人材斡旋は、組織的犯罪ではないかと問題になっているのも事実。組対部に身を置く僕としては、見過ごせない案件でもある」

益尾が言う。

「調べるんですか？」

「少し調べてみようと思う。疑念がある組織、もしくは業態を調べてみるというのも、組対部員の仕事だが、真昌、研修を受けてみる気はあるか？」

益尾は真昌を直視した。

「もちろんです！」

真昌が鼻息を荒くした。

「当面は、僕と二人で捜査を行なう。個人研修のようなものだが」

「竜星が関わっているかもしれないことを放っておけるわけがないでしょう」

「わかった。明日から、動くぞ」

「はい」

真昌は首肯し、水割りをグイッと飲み干した。

「愛理と木乃花には内緒な。楢さんと紗由美さんにもまだ話さないでくれ。心配させたくないから」

「楢さんが知れば、動き出すかもしれないですもんね」

「それが一番心配だ」

益尾が苦笑する。

「わかりました。事情がはっきりするまでは、誰にも言いません」

真昌が口を一文字に結ぶ。

益尾は笑みをこぼした。

「明日から忙しくなる。今日は命の洗濯をしておこう」

そう言い、自分も水割りを飲み干し、真昌と自分のグラスに新しいウイスキーを注《つ》いだ。

第二章

1

星野《ほしの》海外留学研究所は、東京都港区南青山のビルの一室にある。

ガラス張りの瀟洒《しょうしゃ》な七階建てビルで、オフィスは六階と七階に、ビルの一階と二階はカフェとフレンチレストランだ。

通りを挟んだ東手には青山霊園があり、夜になるとひっそりとした隠れ家のような場所になる。

代表の星野隼平《しゅんぺい》は海外渡航歴が豊かで、自身も学生時代、留学していた経験がある。

スタッフは二十名ほど。五十歳の星野を筆頭に二十代、三十代といった若者が職員として働いていて、海外の高校や大学、専門学校などに留学するための支援を行なっている。

六階のオフィスは会議スペースにもなっていて、星野は毎月一回、定期的に留学案内セミナーを開いている。

また、スタジオも完備していて、ユーチューブに動画を配信したり、Ｚｏｏｍを使ってオンライン相談会を開いたりしている。

スタッフが若いこともあってか、評判は上々で、全国からの問い合わせは絶えない。

星野海外留学研究所では、大きく二つのコースを用意していた。

一つは正規留学をサポートするコース。高校や大学の交換留学、私費留学に関する手配や書類作成、学校や渡航場所の選定、留学後のサポートなどを請け負う。

もう一つはワーキングホリデーのサポートをするコースだ。こちらは、主に短期で語学留学をしたい人たち専用に設けたコースだった。

近年、円安でありながら、海外留学は盛り上がりを見せていて、ワーキングホリデーで海外での生活を経験し、英語スキルや現地での就労経験を活かして、自分の価値を高めようとする若者たちが増えていた。

ワーキングホリデーにも様々な種類がある。オーストラリアやカナダなど、二国間で協定を結んでいる二十九カ国はワーキングホリデービザで一年から最長三年間、その国で働きながら学ぶことができる。

ただ、協定国のビザ発給基準は厳格で、国によっては発給数の上限が決まっているところもあり、取得は難しい。

シンガポールなどは、日本政府が定めた大学生が対象で、半年間だけワーホリビザを取得し、勉強しながらの労働も認められる。

しかしこちらも、昨今のトラブルを考慮し、審査基準が厳しくなっている。

そうした状況を踏まえて、ワーキングホリデーと称し、ビザのいらない三十日以内の短期滞在観光ビザで入国させ、自社と提携した学校に通わせながら、違法に働かせるような業者も出てきている。

星野の研究所では、そうした違法斡旋は行なっていない。

だが、このところ、協定国での就労でも違反行為を犯す者が出てきている状況を危惧していた。

違反、違法行為が続けば、協定国のワーホリビザ発給数がますます減らされ、最悪の場合、協定を破棄される可能性もある。

それは、とても迷惑な話で、意欲ある若者の芽を摘むことになる。

星野はスタッフの何人かに、悪質な斡旋業者を調べさせ、自分のところに訪れた若者たちがそういう業者に触れていれば、注意喚起をしていた。

悪質業者は総じて安価だ。どうしても海外へ行きたい若者や余裕のない親の目が向いてしまうのもわかる。

星野の研究所でも、ギリギリまで経費を削ってプログラムを提供しているが、それでも国によっては数百万、場合によっては一千万を超える金額となってしまう。

単に若者を適当な学校に放り込んで、サポートも手薄にすれば安価にできるが、それでは意味がない。

星野の家も決して裕福ではなかった。が、様々な奨学金を取れるだけ取って、海外の大学で研鑽《けんさん》を積んだ。

海外へ出ようとする若者に、自分の体験をフィードバックしたい。そして、世界を舞台に活躍してもらいたい。

多くの留学エージェントは、星野と同じ思いで若者の支援をしている。

だからこそ、若者の夢を食い物にするような業者は許せなかった。

その日の業務もほぼ終えた。二十四時間サポートを行なっているので、サポート担当要員を残して、星野は帰り支度をしていた。

すると、スタッフの女性がノックをして入ってきた。

「星野さん、お客様です」

「ん？　誰だ？」

「YHエデュケーションの吉野仁美《よしのひとみ》様です」

「またか……」

星野はため息をついた。

「どうしましょう？　お断わりしますか？」

「いや、通してくれ」

星野は帰り支度をやめ、執務机の前にあるソファーに腰を下ろした。

待っていると、スタッフが仁美を連れて戻ってきた。

「遅くに、申し訳ありません」

「いえ、どうぞ」

テーブルを挟んだ向かいのソファーを手で示す。

「おかまいなく」

「コーヒーでもどうですか？」

仁美は言うと、星野の向かいのソファーに浅く腰かけた。

星野がスタッフに目をやる。スタッフは小さくうなずいて部屋を出て、ドアを閉めた。

「で、ご用件は？」

星野は訊いた。

「先日の申し出、お考えいただけたかと思いまして」

仁美が笑顔を向ける。

吉野仁美が突然、研究所を訪れてきたのは三カ月前のことだった。

若々しくスカートスーツの似合う清楚な雰囲気の女性だった。てっきり、自身の留学に関する相談かと思いきや、彼女も留学エージェントをしているということだった。しかし、始めてはみたものの、なかなか伸びないのでどうしたものか悩んでいるという。

仁美は海外留学経験があり、渡航歴も豊富だった。英語に関しては、日常会話に支障のない程度は話せるものの、専門的な単語になると少々怪しい。

星野は仁美に、まずどこかのエージェント会社で働き、実務を覚えた方がいいとアドバイスをした。

たまに、こういう若者が研究所を訪ねてくることがある。ほとんどはそうアドバイスをすると、星野のところで働かせてくれと言ってくる。

今、事務所で働いているスタッフの中の何人かもそうした若者だ。が、仁美が訪ねてきた時は空きがなく、申し出があれば断わろうと思っていた。

しかし、仁美は想定外のことを言ってきた。

であれば、研究所を買い取らせてくれ、と。

あまりに意外な申し出に、星野は唖然《あぜん》とした。本気とは思えなかったが、冗談にしては突飛すぎる。

星野は断わって、仁美を帰した。

それで終わりだと思っていたが、仁美はその日から何度も電話をかけてきて、言い値で買い取るので譲れとしつこく迫った。

ぶしつけ極まりない申し出に憤慨し、星野は仁美からの連絡をシャットアウトした。

伸び悩みという話も、星野の反応を探る詭弁《きべん》だったようだ。ともかく、二度と関わらないようにしようと決めていた。が、今度は事務所へ直接訪れるようになった。もちろん、丁重に追い返していたが、それが一カ月も続き、さすがに星野も見過ごせなくなった。

仁美は星野の仏頂面も気に留めず、話を進めようとした。

「先日もお話しさせていただきましたが、私はいくつかの留学エージェントを買い取り、運営しています。どこもうまくいっています。代表の方はもちろん、従業員の方もみなさんそのまま働いていただいています。いうなれば、単なるオーナーです。お譲りいただいても問題ないと思いますが」

その話を聞き、星野は深くため息をついた。顔を伏せ、やおら起こす。

「吉野さん。あなたが買い取ったというエージェントのことを調べさせてもらいました。小さなエージェントをまとめて包括的な窓口を作り、それぞれのエージェントに留学希望者を紹介するという取り組みは評価します。しかし、うちは独自のスタイルとルートが確立していて、そのスタイルを気に入ってくださった方々にサービスを提供しています。なので、他から留学希望者を紹介していただく必要はありません。もちろん、情報交換や必要な情報の提供は、可能な限り協力させてもらいますが、それ以上もそれ以下も必要ありません。それともう一つ」

星野は仁美を見据えた。

「あなた方の原資は、どこから出ているのでしょうか？　申し訳ないが、あなたが運営しているYHエデュケーションの資金繰りを調べさせてもらいました。クラウドファンディングや有志の出資で賄《まかな》っているようですが、それにしても、留学サポート費用が安すぎる。アメリカで年間費用、渡航費を含めて九十万円はありえません。他の諸外国にしてもかなりリーズナブル、いや、採算度外視の破格と言った方がいい費用で学生を送り出している。それで正常な運営ができるとは、到底思えないのですが」

忌憚《きたん》なく問う。

仁美は微笑んだまま、まっすぐ星野を見つめ返した。

「渡航費用は確かに安く設定していますが、採算度外視というわけではありません。むしろ、これまでのエージェントさんが高く設定しすぎです。もちろん、それなりの名門校へ行くにはお金がかかりますが、学費以外の経費を精査すれば、十分採算がとれるラインの価格設定はできます。そうした私たちの活動に賛同していただき、出資してくれる方は星野さんたちが思っているより多いんですよ。名前を明かせない方もいらっしゃるので、そこを証明しろと言われても困るのですが」

仁美は淡々と返した。

「まあ、証明できるできないはともかく。私とあなたでは、留学に対するスタンスが違いすぎる。仮に単なるオーナーだったとしても、あまりに考え方が違う方に参画されるのは、私どもに何のメリットもない。うちはハッキリとお断わりします。どうしても傘下を増やしたいのであれば、他をあたってください」

星野は立ち上がった。

「どうしてもお譲りいただけませんか？」

仁美は潤んだ目で星野を見上げた。

その仕草も癪《しゃく》に障る。今までも年配の男性を色香で落としてきたのだろう。

星野は眉間に皺を立て、睨み下ろした。

「お帰りください」

強い口調で言う。

「そうですか。なら、仕方ありませんね」

仁美は目を伏せてふっと笑み、やおら立ち上がった。

「もう二度とコンタクトはしないでいただきたい。私はあなた方と関わるつもりは一切ないので」

「わかりました。ご面倒をおかけいたしました」

仁美が小さく頭を下げる。

「ただ」

ゆっくりと顔を上げ、星野を見つめる。

「星野さんが関わるつもりはなくても、関わらざるを得なくなるかもしれません」

双眸が冷たく光った。

「どういう意味でしょうか？」

星野は見返した。

「そのままの意味ですが、いかようにも受け取っていただいて結構です。では」

会釈し、仁美は部屋から出て行った。

星野は仁美の背中を最後まで睨みつけた。

2

真昌は益尾と共に、千葉県警成田中央署を訪れていた。

二人は会議室で、ヤングツアラーの宿泊所で起こった暴行事案の捜査を担当していた山《やま》野辺《のべ》警部補を待っていた。

長テーブルを二つ合わせた席の左側に、二人は座っていた。

と、ドアが開いた。

「いやあ、すみません。お待たせしました」

山野辺は顔が隠れるほどの大きさの段ボール箱を抱えて入ってきた。

真昌はすぐさま立ち上がって、山野辺に駆け寄り、段ボール箱を受け取った。

「いやいや、申し訳ないね」

山野辺が手を放す。ずしっと腕と腰にかかる重みを真昌は支え、テーブルの端に置いた。

山野辺は腰をさすっていた。歳の頃は五十代後半か。小柄で、少しだぼっとしたスーツを着て、黒縁眼鏡《めがね》をかけた、一見野暮ったい男性だった。

「いやあ、歳を取るといかんな」

山野辺はテーブルに手をつきながら、益尾の対面に回った。

「いえ、すごいです。この段ボール、二十キロは超えていると思いますが」

真昌が言う。

「力仕事は若い頃からさせられていたからな。たかだか二十キロで腰に来るようじゃ、情けない」

笑いながら、パイプ椅子に腰を下ろす。

「山野辺さん、忙しいところ、手間取らせてすみません」

益尾は立ち上がって、一礼した。

「いやいや、益尾君の頼みとあらば、聞かにゃならんだろう」

山野辺は右手を縦に振って、二人に座るよう促した。

「そっちが沖縄県警の安里君だね？」

　真昌を見やる。

「沖縄県警刑事部組織犯罪対策課に勤務しております、安里真昌でございます！　よろしくお願いいたします！」

　部屋に響く大声で自己紹介をし、腰から上体を倒した。緊張しすぎて勢いがついてしまい、天板で額を打つ。

　真昌は、うっ、と小さく呻いたが、何事もなかったような顔をして上体を起こした。

「元気があってよろしい」

　山野辺は笑い、訊いた。

「楢山さんは元気か？」

「楢さん……いえ、楢山先輩をご存じなんですか？」

「わしが捜査支援室にいた頃、広域捜査の要請でよく楢山さんには連絡させてもらった。楢山さんは顔が広いんでな。各署に話が通しやすかった。自分が引き受けると言って、暴れたこともあったがな」

　山野辺が笑う。

「僕もそれに巻き込まれた一人。けれど、おかげでこうして山野辺さんとも懇意になれた。縁というのは大事にしなければいけないね」

益尾も笑った。

「山野辺警部補は、捜査支援室においであらせられたでございっ！」

舌が絡まり、噛んでしまった。思わず、口元を押さえる。

「そんなに緊張せんでもよろしい。普通にしゃべりなさい」

「すみません……」

真昌は小さく頭を下げた。

「楢山さんは相変わらずか？」

山野辺が改めて訊く。

「はい。ですが、やはり歳なりといいますか、今は無茶なトレーニングもしなくなりましたし、稽古でも脇で見て指導することが多くなりました」

「そのくらいでちょうどいいな、あの人は」

山野辺が笑った。真昌の顔にも笑みが滲む。場が和むと、真昌の双肩からふっと力が抜けた。

顔を上げると、部屋全体がよく見えて、山野辺の顔もはっきりと映る。

部屋にホワイトボードとスチールケースがあったことは気づいていたが、ホワイトボードの後ろにあるコピー機や部屋の隅の机に置かれているノートパソコンや電話には気づいていなかった。

そこまで視野が狭窄《きょうさく》していたのだが、少し話すだけで、山野辺は真昌の緊張を解いた。

すごいな……。

真昌は思った。

自分がガチガチに緊張しているのを見て、すぐさま場が和むような話をチョイスし、自然な流れで話して、真昌の緊張をほぐした。

力の入っている相手を前にすると、対峙した方も力んでしまう。相手の警戒を解くには、緩い空気感を漂わせることが必要だ。

そうした空気を醸し出すには、自身に余裕がなければ難しい。

山野辺は数々の現場を踏んでいく中で、胆力を得たのだろうと感じていた。

「安里君、段ボール箱の資料を出してくれるか？」

山野辺に言われ、真昌は立ち上がった。

分厚いファイルホルダーが十冊も出てきた。背表紙には〈ヤングツアラー関連〉と記され、数字が書かれていた。

「すまないね。どうにも古い人間なもので、紙の資料の方が見やすくてねえ。ホルダーがこんな数になってしまった」

山野辺が苦笑する。

「いえ、印刷されたもので見ると、思わぬポイントを発見することもありますから。デジタルとアナログを併用することは大事だと思います」

益尾が言う。

「まあ、とりあえず、好きなナンバーからザッと目を通してくれ。一応、時系列順に1から並べているが、どこから見ても事案の全体像はつかめる」

山野辺は言った。

益尾は真昌に1を渡し、自分は最後の番号から見始めた。

真昌は現場の写真を見て、厳しい表情になった。

家財道具からテーブル、ソファー、コップやボトル、窓ガラスやドアに至るまで、破壊されていた。象の大群が踏み荒らしたあとのようだ。

壁やフロアに血が四散し、人の形がそのままついているところもある。

一方、結論から見ていた益尾が目に留めたのは、複数の証言から、男性の単独犯行と思われるという一文だった。

真昌が開いているページに時折目を向けるが、室内の状況を見ると、複数人で金属バットを振り回したと判断してもおかしくない状況だ。

だが、成田中央署は〝単独犯〟と断定していた。

その前のホルダーを見てみる。単独犯と判断したのは、現場に残された靴底の型と、その場にいた女性たちの証言、倒されたヤングツアラー関係者らの証言から、そう断定したようだ。

さらに前のホルダーを見ると、ヤングツアラー関係者の証言が記されていた。

《その男は、不意に入ってきたと思ったら、問答無用に強烈なアッパーで仲間の顎を壊し、飛び跳ね、強烈な蹴りでまた仲間を倒した。

男の動きを追えないまま、右往左往しているうちに、自分の前にもそいつは現われ、強烈なボディーフックを叩き込んだ。

内臓が破れたかと思うほど、すさまじいものだった。

両膝を落としたら、髪の毛をつかまれた。その時、血走ったケダモノのような目を見て、動けなくなった。

そして、顔面に膝蹴りを喰らい、意識を失っていた》

また、ある者は、次のようにも語っている。

《人が飛んできたと思ったら、仲間が血を吐いてぶっ飛んでた。

また飛んできたと思ったら、フードを被った見知らぬ男だった。

敵だと気づいた瞬間、どこをどう殴られたのかわからないまま、倒れていた》

前のホルダーを開くと、女性たちの証言が載っていた。

《いきなり何かが割れる音がして、怒鳴り声が聞こえてきて、怖くて小さくなっていたんだけど、みんなが部屋を出るので見に行ったら、会社の人たちがどんどん倒れていった。

その真ん中に、スラッとしたフードをかぶった人がいたんだけど、息苦しくなるほど雰囲気というか、気配がすごかった》
《突然、何かが壊れるような音がしたんで、部屋を出て一階を見に行ったら、パーカーの男の人が暴れてた。

希美ちゃんが止めようとして、雑誌を持って叩いたんだけど、その雑誌が弾かれて。でも、希美ちゃんがその人と何かを話していて、そのあとすぐ、希美ちゃんが逃げろと言った。

何かわからなかったけど、ヤバい感じがしたんで、みんなで逃げた》

「希美ね……」

他のホルダーを取って、ぱらぱらとめくってみる。

当時、成田空港付近の宿泊所にいた女性たちの名簿があった。

指でつつつ……と辿り、トンと叩く。

「山野辺さん。この鎌田希美という女性は？」

「まだ、見つかっていないんだよ。女性たちと逃げ出したそうなんだがね。やはり彼女に目を留めたか」

山野辺が笑みを滲ませる。

「実家には？」

「行ってみたが、彼女はここ三年ばかり、家に帰っていないようだ」

「しかし、渡航を予定しているなら、パスポートが必要ですよね」

「十年パスポートを取得していたようだね。それが実家や現在一人暮らしをしているアパートになかったので、持参しているのだろう」

「なるほど。この子、調べさせてもらってもいいですか？」

「ああ、お願いするよ。うちも人手が足りなくてな。警視庁の敏腕が協力してくれるのは心強い」

「山野辺さんほどじゃないですよ」

「オヤジの褒《ほ》め合いはくすぐったい」

山野辺は笑うと、立ち上がった。

「ここは使ってくれていいから、好きなだけ資料を読み込んでくれ。必要な個所があれば、適当にコピーしてくれ」

ホワイトボードの後ろにあるコピー機を目で指し、部屋から出て行った。

真昌は立ち上がって再び深く礼をすると、すぐさま座って、ファイルにかじりついた。

「こらこら、もっとゆったり眺めないと」

「一言一句、見逃さないようにと思って」

真昌が言う。

益尾は曲がった背中を平手で叩いた。

「いっ！」

たまらず、背筋を伸ばす。

「まずは全体を俯瞰《ふかん》する。そのためには上から眺めなきゃならない。そのあと、気になったところを細かく見る。すべての捜査の基本だ。初めから細部に囚《とら》われると、見えたはずのものも見えなくなる。手順を間違えるな」

「すみません……」

真昌がうなだれる。

益尾は笑って、声をかけた。

「今から指示をするから、コピーを取ってくれ」

「わかりました」

真昌は立って、ホワイトボードをずらし、コピー機の電源を入れた。

「まずはこれの五ページから」

益尾は真昌にホルダーを渡した。

3

鎌田希美の実家は岡山県高梁市《たかはし》にあった。

高梁市は岡山県の中西部に位置し、広島県との境にあり、備中松山《びっちゅうまつやま》城の城下町として知られる。

高梁川沿いを北上するJR伯備《はくび》線は秘境を旅するような情緒があり、古《いにしえ》の城下町風情を味わえる。

また、高梁川の鮎《あゆ》やピオーネというブドウも有名で、近年では観光地としても栄えてきている。

東京から新幹線と在来線を乗り継いで、四時間強。益尾と真昌が備中高梁駅に着いた頃には、陽が傾きかけていた。

階段を上がって改札を出ると、二人は西口へ歩いた。

備中高梁駅の西口は城見通り口と呼ばれていて、北へ二百メートルほど歩くと、備中松山城が望める。東口は寺巡り口という名称で、文字通り、駅の東側には多くの寺社仏閣が点在していた。

「きれいな駅ですね」

真昌は開けたエントランスに出て、辺りを見回した。

ガラス張りの駅舎は複合施設となっていて、図書館やコーヒー店、観光案内所がある。

「どうします？　ホテルに行きますか？」

真昌が訊く。

益尾は腕時計を見た。午後四時を回ったところだった。

「先に一度、家を訪ねてみよう」

益尾は言い、スマートフォンを出した。メモしておいた鎌田希美の実家の住所を入れ、検索をかける。

「歩いて十分ちょっとだな。一階にコインロッカーがあるから、荷物を預けて行ってみよう」

「わかりました。預けてきます！」

真昌は益尾のバッグを取って、速足で西口の階段を降りていった。

「急がなくていいよ」

益尾は苦笑し、風景を眺めつつ、ゆっくりと階段を降りた。

高梁川の水の香りに周りを囲む山々の木々の香りが混ざり合ってほんのりと漂い、のどかで心地いい。

ロッカーに荷物を預けた真昌が駆け戻ってきた。

「どっちですか」

　真昌は左右を見回した。

「あわてるなって。ここは初めてか？」

「はい」

「僕も初めてだ。初めての場所に来た時、被疑者の検挙に向かっている時以外は、努めてゆっくりと歩き、周りをよく見ること。駅周辺に何があるか、人は多いか少ないか、年齢層や男女比はどうか、オフィスが多いか、田畑が目立つか、ビルやマンションが建ち並んでいるか、一軒家が多いのか、新築か古民家か、観光地かベッドタウンか昔からの集落か。所属する都道府県の担当範囲以外はしょっちゅう来るわけじゃないから、来た時によく見ておく。その癖をつけておくこと」

「わかりました」

　真昌の返事に、益尾はうなずいた。

「というわけで、歩こう。こっちだ」

　益尾は県道１９６号線を西に向かって歩き始めた。真昌も続く。

　レンガ敷きの歩道沿いに店はあるものの、そのほとんどが閉まっている。

「益尾さん、ここ観光地ですよね。なんか、店は閉まってるし、人もいないし、車も少ないし……」

真昌はきょろきょろと周りを見ながらつぶやいた。

「観光地は駅から北に進む方だね。そっち側には武家屋敷や備中松山城がある。このあたりは、生活場なんだろうな」

銀行や理容店などもあるが、外壁は錆《さ》びて雨染みのある古い建物が多い。左右に延びる路地の奥には、古い家が並んでいた。

地方の観光地にはよく見られる光景だ。華やかな観光用のメイン通りは建物もきれいに改築され、新しい土産《みやげ》物店や飲食店が並ぶが、そこから外れた地域は昔ながらの街並みがそのまま残っている。

昔ながらの場所は、賑わいから取り残されたように、かつての活気をしまい込んで、静かに寂《さ》びる。

一方でその静けさは悠久の時を思わせ、疲れた心を癒してくれることもある。

そのまま県道を進み、国道313号線を横断して高梁大橋に出ると、ゆったりと流れる高梁川のせせらぎが聞こえてきて、視界には連なる里山が広がった。

古き良き日本の風景を思わせるその光景に、二人は思わず、ほおっと息をついた。

「いいところですね。沖縄にも山はあるけど、こんなにゆったりというか、ふんわりとした空気は感じたことないです」

「ふんわり、ね」

益尾はつい笑ってしまったが、言い得て妙だった。

深緑に覆われた里山は、何頭もの象が緑色の毛布を被って穏やかに休んでいるように映る。

毛布の切れ端が街の建物の端にかかっている。その様はまさに〝ふんわり〟と表現できる。

「詩人だな、真昌は」

「感じたままを言ってみただけです。もうちょっと語彙力があればいいんだけど」

真昌は照れ笑いを浮かべた。

橋を渡り、県道302号に突き当たり、そこを左へ進む。ずいぶんと山が迫る。

二人は山肌に沿った脇道を上がっていく。ぐねぐねとうねる道の脇には整地された平地がぽつりぽつりと現われ、家や田畑があった。

たまにすれ違う人は、高齢の人が多かった。作業着を着ているところから見て、農作業をしている高齢者たちなのだろう。若い人は見かけない。

「この坂を上るのは一苦労ですね」

真昌は上体を倒して、急な坂道を歩いた。

「本当だね。このへんで暮らしている人たちは足腰が強いんだろうな」

益尾はうねる坂道の三回目のカーブを曲がった先にある家の前で立ち止まった。駐車スペースに立てた塀にある表札を見た。

〝鎌田〟とある。

「ここだな」

真昌を見やる。真昌は益尾に駆け寄り、背筋を伸ばして大きく呼吸をした。ハンカチを出して、額や頰、首筋の汗を拭う。

改めて、家を見る。駐車スペースの右手に瓦の付いた白い壁が長々と伸びている。その奥に平屋建ての家屋が二棟建てられている。左側には蔵もあり、その奥の高台には三基の墓が建てられていた。

「デカい家ですねえ」

「そうだね。鎌田希美の曽祖父はこのあたりの山を持っていたそうだから、名家なのかもしれないな。行くぞ」

益尾が先に入っていった。真昌はポケットにハンカチをしまいながら後を追った。

益尾は敷地の左にある母屋《おもや》のインターホンを押した。二度、三度と鳴らすが、誰も出てくる気配がない。

「留守ですかね？」

「そのようだな」

益尾が右の平屋に向く。と、坂を上がってきた老婆が敷地に入ってきた。

「あんたら、誰じゃ？」

突然、声をかけられ、真昌はびくっとして振り返った。

背を丸めた小柄な老婆だった。モンペを穿き、上はブラウスにヤッケを着て、足元は長靴といった昔ながらの農作業女性のスタイルだった。

老婆は被っていた日よけ帽子のつばを上げ、益尾と真昌を睨んだ。

益尾はゆっくりと歩み寄った。

「警視庁の益尾と申します」

上着の内ポケットから身分証を出し、老婆に見せた。

「鎌田希美さんのご両親にお会いしたくて来たのですが。こちらの方ですか？」

「信彦《のぶひこ》夫婦は帰ってこんよ」

老婆は不愛想に言うと、益尾の脇を抜けて右の平屋へ歩いていく。

益尾と真昌が追った。

「希美さんのお祖母《ばあ》さまですか？」

真昌が訊いた。

老婆は答えず、平屋に歩き、引き戸を引いた。戸を閉めようとする。益尾が手をかけた。

「希美さんについて、少し聞かせていただきたいのです。お孫さんの命にも関わりかねないことなので」

益尾はまっすぐ老婆を見つめた。

老婆はじっと益尾を見返していたが、背を向けた。

「入られえ」

そう言って、玄関を上がる。

益尾は真昌を見て、うなずいた。

「失礼します」

一礼して、中へ入る。真昌も入った。戸を閉める。

益尾と真昌が靴を脱いで上がったのを見ると、老婆は促すように歩きだした。

広い家だった。玄関から左に延びる庭に面した廊下を進む。襖《ふすま》や障子戸があり、畳敷きの部屋が続く。古い日本家屋の造りだ。

左手に見える庭には様々な木々が植えられている。こまめに整えているようで、鬱蒼《うっそう》としているように見えて、枝葉は適度にカットされ、下草は刈られていた。

一番奥の畳部屋に案内された。障子戸を開けると、猫脚の立派な卓が置かれていた。卓を挟んで座椅子も置かれている。

「どうぞ」

老婆は入るように促した。

二人は頭を下げ、部屋に上がった。立派な応接室だった。

　手前に正座して並ぶ。真昌は部屋を見回した。床の間には山水画の掛け軸が飾られ、小棚には壺《つぼ》や皿が置かれている。隣の部屋との襖の上に模様を刳《く》り貫《ぬ》いた板が貼られていた。

「あれ、珍しいですね」

　真昌に言われ、益尾は襖の上を見上げた。

「ああ、あれは欄間《らんま》と言うんだよ」

「ランマ、ですか？」

「そう。日本の伝統的な建具だね。ああいうふうに、天井と鴨居《かもい》の間を飾るんだよ。今、欄間のある家はあまりないな。しかも、型抜きみたいに彫っているだろう？　あれは透かし彫り欄間といって、欄間の中でも珍しいものだ」

「へえ、そんなのがあるんですねえ。あれ、牛ですよね。牛と城って、おもしろい組み合わせですね」

　話していると、障子戸が開いた。

「あの欄間は、臥牛山《がぎゅうざん》と備中松山城を描いとるんじゃ」

　老婆が入ってきた。盆に急須と湯飲みを載せている。

　老婆はいったん中へ入って盆を置き、両膝をついて障子戸を閉めた。もう一度立ち上がって、益尾の右斜め横に膝をつく。

　盆に載せた急須から茶を注ぎ、両腕を伸ばして、真昌と益尾の前に湯飲みを置いた。

「城のある山は、地元じゃ〝おしろやま〟と呼んどる。臥牛山は、年老いた牛が草の上で伏せて寝とるように見えるんで老牛伏草山《ろうぎゅうふくそうざん》とも呼ばれとる。まるで、わしらのようじゃな」

「お元気じゃないですか」

真昌が言う。

「必死に生きよるだけじゃ。年寄りは行くとこねえから」

老婆の言葉はどこか自虐的だ。

「失礼ですが、希美さんのお祖母さまですか?」

益尾が改めて訊く。老婆はうなずいた。

「お隣は、希美さんのご両親の家ですか?」

「そうじゃ」

「先ほど、信彦夫婦は帰ってこないとおっしゃっていましたが、息子さん夫婦のことですか?」

「そうじゃ」

「よろしければ、理由を聞かせていただけませんか?」

益尾が丁寧な口調で訊ねる。

「初対面の人に話すことじゃねえけどな。まあ、いいじゃろ」

老婆は自分の湯飲みを取って両手で包み、お茶を一口飲んだ。

「うちは代々公務員の家でな。じいさんも国鉄の職員じゃった。信彦と嫁は二人とも教師で、親戚も教師やら役所勤めが多い。希美も教師になりたいと大学に進学する予定じゃったんじゃがな。信彦が女を作って、揉めて、教師を辞めることになった」

老婆はため息をつき、お茶を啜《すす》った。

「相手も夫子持ちじゃったけんな。まあ、えらい騒ぎになってしもて。退職金は慰謝料で持ってかれて、嫁までここにはいられんようになった」

「奥さんも教師を辞めたということですか？」

「そうなろうが。あんごーがおえりゃあせんことしたんじゃけん。おられるわけなかろうが！」

老婆は方言で語気を強めて言い放った。怒っているようだが、何を言っているのか、益尾も真昌もわからなかった。

きょとんとしていると、老婆はふっと微笑んだ。

「すまんな。ついこっちの言葉でしゃべってしもた。馬鹿者がダメなことをしたのだから、ここにいられるわけがないと言ったんじゃ」

ふうっと息をつく。

「信彦と嫁は離婚はしとらんが、今は別居しとって、別々の場所で働いて暮らしとる。嫁は希美について来いと言ったんじゃけどな。希美はどっちにもつかんとここにおって、通いよった高校を卒業して、自力で大学に行った。ほんと、希美が不憫《ふびん》じゃ」

老婆はまたお茶を飲んで、話を続けた。

「わしもできるだけのことはしちゃったんじゃけど、金銭面は面倒見てやれんでな。結局、希美は学費が払えんで大学を辞めた。ここを売り払ってもよかったんじゃが、ご先祖さんの残した土地じゃけんのお。わしの一存ではどうにもならず、親戚連中からはえろう反対されたんじゃ。あげな、やっちもねえ家族の面倒なんか見んでええってな」

やっちもねえは、バカバカしいとかしょうもないという意味だと、老婆は言った。

「そうでしたか……。希美さんは、大学を辞めた後、どうされたんですか？」

「専門学校に行ったと聞いたが、どこかは知らんのじゃ。わしに迷惑かけとうなかったんじゃろうな。親戚と揉めたことを知っとったけん」

「その後、希美さんから連絡は？」

益尾が訊くと、老婆は顔を小さく横に振った。そして、益尾を見やる。

「刑事さん、希美に何があったんかのお？」

しわしわの小さな目を開いて、益尾を見つめる。心配そうだ。

益尾は微笑んで見せた。

「ちょっと事件がありまして、その現場を目撃したようなんです。なので、話を聞きたいのと、その事件の犯人がまだ捕まっていないので、万が一のことを考えて保護したいだけです」

「無事なんか、希美は？」

「今のところ、大丈夫そうです。だから、早く見つけてあげたい」

益尾は言うと、ポケットから名刺を出した。

「もし、希美さんから連絡があれば、僕の携帯番号に連絡をください。心配でしたら、署に連絡をくれてもかまいません。部下には伝えておきますので」

卓に置いて差し出すと、老婆は名刺を両手で握りしめた。

「事情を話してくださって、ありがとうございます。この後、希美さんのご親戚にも当たってみようと思っていたんですが、そういう事情なら、我々が顔を出さないほうがよさそうですね。ご親戚の誰かから、希美さんに関する情報が入ったら、連絡をください」

益尾が言うと、老女は首肯した。

「それと、信彦さんと奥さんの住まわれている住所を教えていただけますか？　どちらかに連絡を取っているかもしれませんから」

「ちょっと待っとられえね」

老女は立ち上がり、襖を開けて隣の部屋へ行った。電話台がある。その横の柱にかけた電話帳を取り、広告を切ったメモを持って戻ってきた。

眼鏡をかけて電話帳を広げ、信彦と奥さんの住所と電話番号を書いて、益尾に差し出した。

「早く希美を見つけてやってください」

「任せてください」

益尾は力強くうなずき、メモを受け取った。

お茶を飲み干し、益尾と真昌は家を出た。老婆は玄関先まで来たが、表に出て見送ることはなく、引き戸を閉めた。

来た道を戻る。山々は暮れなずみ、ほんのり茜《あかね》色に染まろうとしている。

「よく話してくれましたね、おばあ」

真昌が言う。

「どうしてだと思う？」

益尾が訊ねた。

「孫が心配だったからですか？」

「それも一つある。もう一つは、僕たちがまったくの第三者だからだ」

益尾が言うと、真昌は小さく首を傾げた。

益尾は微笑んだ。

「息子夫妻が街を出なければならないほどのスキャンダルだ。お祖母さんの心労も相当なものだっただろう。しかし、そこかしこで話すわけにもいかない。ずいぶんと溜め込んでいたんだと思う。そういう思いを吐く時は、関係のない第三者の方が楽なんだよ」

「ああ、そうですね。家族とか友達に聞かれたくない話を、飲み屋なんかでしゃべって帰るオヤジとかいますもんね」

「それと同じ。それに、僕たちが警察官だったということもある。鎌田家は代々公務員だと言っていただろう？　だから、公務員には信頼があるんだ」

「なるほど。逆に公務員を毛嫌いしている人だったら、聞き出すのは難しかったということですね」

「そういうこと。せっかく話してくれたんだ。無駄にしないようにしよう」

「はい」

真昌が強く首肯する。

「今日はホテルでゆっくり休もう。明日はまた動くからな」

益尾はメモを入れた上着の横ポケットをポンと叩いた。

4

ＹＨエデュケーションの本社は渋谷にあった。道玄坂《どうげんざか》を国道２４６号線に向かって上り、道玄坂上交番前の交差点を左へ曲がり、二十メートルほど進んだところにある四階建ての低いビルの最上階フロアが本社オフィスだ。

二階と三階のフロアも借りている。そこでは、留学生の講習を行なったり、保護者に対する説明会を開いたりしている。

一階には以前、文具店が入っていたが、少子化と不況のあおりを受け、今は空き店舗となっている。

賃貸物件ながら、実質、ＹＨエデュケーションの占有ビルとなっていた。

吉野仁美がオープンフロアの一番奥にある社長の席でスケジュール確認をしていると、すらりとした長身の肉体にタイトなスーツを身に着けた男が近づいてきた。

「社長、ちょっといいですか？」

男は仁美に声をかけた。

仁美は男に笑顔を向け、立ち上がった。事務作業をしている近くの女性社員に声をかける。

「茜《あかね》ちゃん、ちょっと打ち合わせしてくるから、緊急の連絡があったら、スマホによろしく」

「承知しました」

茜と呼ばれた若い女性は、笑顔で返した。

仁美は笑顔を崩さず、オフィスを出て、男と一緒にエレベーターに乗り込んだ。三階フロアに降り、留学生研修をしている大会議室を横切り、その奥にある応接室に入った。十畳ほどの小ぢんまりとした部屋に、ソファーとガラステーブルが置かれている。クライアントと大事な打ち合わせをする時や、留学希望の親子と密な話をする時などにこの部屋を使う。

テーブルとソファー以外には何もない。が、ソファーとテーブルは高級なものにしている。

シンプルに見せつつ、金持ちの客が来た時にも恥ずかしくないよう、配慮していた。

仁美に続いて、男が入ってドアを閉めた。

とたん、仁美の顔から笑みが消えた。

向かって左手のソファーの真ん中に座り、脚を組む。

男は右側のソファーに腰を下ろした。

「どうだった？」

「やはり、狼のようですね」

男が答えた。

柴原稔《しばはらみのる》という三十五歳の元ホストだ。長身で彫りの深い顔立ちをしていて、なかなかのイケメンなのだが、強引さがないためか、店でナンバー1を取れずにいた。

仁美は、柴原が在籍していた店に通っていた。

ホストクラブでは、最初に指名したホストがその客の担当となり、接客することになる。よほどのことがない限り、一度担当となったホストを替えることはない。

仁美は他の女性とは違い、そこそこの金額で店を楽しむ客だった。いわゆる〝太客〟ではないため、担当ホストに深く入れ込むことはなく、通う店もコロコロと替わった。

彼らもげんきんなもので、あの手この手で仁美から金を引き出そうとするが、ケチでもなければなびきもしないただの客だとわかると、売り上げにならないと見限り、仁美の方から断わるよう、ぞんざいに扱った。

仁美もそうしたホストは切った。

そんな中、不器用ながら、仁美がただの客とわかっても丁寧に接客してくれたのが柴原だった。

仁美はＹＨエデュケーションを立ち上げる際、スタッフとして働かないかと柴原を誘った。

柴原は、店でナンバー1を取らない限り、やめられないと返した。

不器用でホストらしからぬ生真面目なところを持ち合わせているが、そこそこの向上心もある。

仁美はナンバー1を取らせるから、部下になれと言った。

柴原も三十歳を超え、ホストを続けていくにはきつい年齢となっていた。

仁美の申し出を受け入れた。

その月、仁美は連日店に通っては一日に数百万、時に一千万円を使い、約束通り、柴原をナンバー1に押し上げた。

その三カ月後、柴原はホストをやめ、YHエデュケーションの設立スタッフとして、仁美の下についた。

柴原の主な役目は、傘下に収めた留学エージェントの管理だった。

仁美の会社では、留学希望者を一度本社で一括登録させ、そこから傘下のエージェントに振り分けている。

ほとんどは適材適所、規模や希望する留学先、留学形態に応じて振り分けているので問題はないが、たまに文句を言ってくる傘下のエージェントがいる。

自分のところに高額の留学生が回って来ない。他より数が少ない。短期ばかりを回される、など。

そうした苦情が出た場合、柴原が傘下のエージェントに出向いて話をまとめてくる。

柴原は相手の話を聞くのがうまい。相手がどんなに無理難題を押し付けてきても、怒ることなく最後まで話を聞き、折衷《せっちゅう》案を提示する。

折衷案といっても、ほとんどの場合、本社が決めた方針のままだ。それをいかにも譲歩したように話を持っていき、まとめてしまう交渉力がある。

それは、柴原がホスト時代から、何度も目にしてきた光景だった。

どのホストも女性客とトラブルを起こす中、柴原は担当した女性とただの一度も揉めたことがなかった。

人の懐に入るのが上手で、殺さない程度の金額と絶妙な距離感で、客を転がしていたからだ。仁美は柴原の人たらしの手腕を認めていた。

留学生がごねた時にも、柴原の交渉力は活かされた。留学生自身はもちろん、その両親も見事に丸め込んでしまう。

大きな交渉事は不得手だが、YHエデュケーションには欠かせない戦力だった。

今回、傘下にいたヤングツアラーが何者かに潰された。

柴原はその件を調べていた。

「その情報、間違いないの？」

仁美が訊く。

「現場にいた女の子を見つけて、話を聞いてきました。おそらく、間違いありません」

「困ったねえ……」

仁美はソファーの肘掛けを握った。

YHエデュケーションの傘下には、二種類あった。

一つは通常の留学エージェント。留学希望者の渡航先の選定から申請書類作成の手伝い、渡航後のサポートまでを引き受ける〝表〟の業務を行なっているところだ。

もう一つは、留学という名目で海外の売春組織に女性を送り込む、〝裏〟の業務を行なうエージェント。こちらは傘下と言いつつ、YHエデュケーションの提携先リストには記載されていない。

万が一、警察当局に傘下が踏み込まれた場合でも、つながりを否定するためだ。

本社従業員の中でも、通常業務に従事している社員はその事実を知らない。

裏稼業を知る者は少ない方がいい。

「米光や梨々花には会えた？」

「いえ、入院していますが、警察病院の個室に入れられ、ドア口には警察官がいるようなので」

「完全にクロ扱いされてるってことね」

仁美はため息をついた。

「ヤングツアラーの関係書類はすぐに処分しておいて」

「承知しました」

柴原が頭を軽く下げる。

「で、狼に関する情報はないの？」

「細身の若い男だというのはわかっていますが、それ以上のことはまだ……」

「ほんと、狼だか何だか知らないけど、迷惑な話。うちの傘下でもう三社やられてるのよ。もっと狙い撃ちされたら、先方との取引も難しくなる。今でさえ、用意できなかった分を払えと言ってきてる。まだなんとかできてるけど、これ以上、女の子を送り込めなくなったら、取引停止もありうるわ」

仁美は肘掛けに拳を叩きつけた。

「ただ、狼の件なんですが」

「何？」

「現場にいた女の子によると、正体を知っていそうな子がいたというんですよ」

「誰よ、それ」

「鎌田希美という女です。ヤングツアラーが襲われた翌日、シンガポールに送り込む予定だったブツです。ヤングツアラーの渡航者名簿に名前がありました」

「その子は今どこに？」

「行方知れずだそうです」

柴原が言うと、仁美は胸下で腕を組んだ。右の前腕を起こし、宙を睨みながら親指の爪を噛む。

「捜せそう？」

「一応、鎌田希美が渡航前に暮らしていたマンション、実家や両親の住まいは調べていますが」

柴原が言うと、仁美は組んだ脚を解き、柴原を見据えた。

「わかった。こっちの業務はいいから、その鎌田希美って女の子を捜して、狼の情報を集めてちょうだい。そして、狼の正体を突き止めて」

「わかりました。では、ヤングツアラーのデータを処分して、すぐ捜索にかかります」

柴原は立ち上がって一礼し、応接室を出た。

仁美は閉まるドアを睨む。

「待ってなさい。狼狩りよ」

そうつぶやき、口辺に笑みを滲ませた。

5

「お疲れ様」

安達紗由美はその日の業務を終え、帰ろうとしていた。

時計を見ると、午後八時を回っていた。

「今日も遅くなっちゃったな」

小さく息をつく。

このところ、人材派遣の仕事が忙しく、帰宅時間が遅くなっていた。

沖縄は観光業が多いが、慢性的な人手不足は相変わらずだった。

一方、リゾート地の短期アルバイトを希望する者は多く、紗由美の働く〈ゆいまーる〉の人材派遣部門には、内地からの登録者が増え、短期であちこちのホテルの需要とマッチングさせる業務が増えていた。

人材派遣部門の立ち上げに関わった紗由美は、そのまま同部門の部長補佐となり、トラブル処理やシステム部門との仲立ちなどを請け負っていた。

しかし、連日の遅い帰宅は、正直疲れる。土日もしっかりと休めるわけではなく、予期せぬトラブルがあれば出社しないまでも、連絡対応に追われることもある。

もう還暦も見えてきた年齢。さすがの紗由美も体力的に厳しくなってきている。

後進を育ててはいるものの、まだすべてを任せるには早い。

家のことは節子《せつこ》に任せっきりになっている。節子は問題ないと言っているが、もういい年だ。楢山も心配ないと応援してくれているものの、やはり体力の衰えは隠せず、時折、杖《つえ》をついて歩くのがつらそうに見える時もある。

仕事にかまけているうちに、何か大事なものを失っていくような感じがしている。

「紗由美さん、お疲れ様です」

エレベーターを降りてきた同じ部署の女性社員が声をかけてくる。

「お疲れ様。あとはよろしくね」

すれ違う社員たちには笑顔で応える。

が、エレベーターに乗り込み、人目がなくなると笑顔は消え、両肩が落ちる。

「ちょっと休まないとな……」

一階に到着し、ゲートを出る。ロビーのあるエントランスを歩いていると、ソファーに座っていた女性が立ち上がって、紗由美に近づいてきた。

紗由美は少し気にしつつ、玄関を出ようとする。

と、女性が声をかけてきた。

「あの……安達紗由美さんですか？」

背の高いショートボブの女性だった。すれた印象はない。二十代前半だろうか。

「そうだけど」

紗由美は笑みを向けた。

と、女性は肩に下げていたショルダーポーチから二つ折りにした用紙を差し出した。

「これを……」

うつむき気味に差し出す。

紗由美は用紙を受け取った。

「見ていいの？」

「はい」

女性がうなずく。

紗由美は用紙を開いた。文章が書かれている。一行目を見て、紗由美の双眸が大きく見開かれた。

「竜星！」

思わず、女性を見る。女性は首を縦に振った。

手書きの文章に目を戻す。

《母さん、突然の手紙でごめん。手紙を渡した人は鎌田希美さんという僕の友人です。僕から連絡があるまで、しばらくの間、彼女を母さんのところで預かってください。名前も別名にして、本名を知るのは母さんだけにしてほしい。理由は話せないのですが、どうかよろしくお願いします　竜星》

そっけない手紙だが、間違いなく竜星の字だった。

「何よ、これ……」

「すみません。ご迷惑かと思ったんですけど」

希美が小さくなる。

「あー、あなたのことじゃないのよ」

紗由美は優しく微笑んだ。

「このバカ息子、突然音信不通になって、やっと連絡してきたと思ったら、こっちの心配一つなしに頼み事。ほんと、親を何だと思ってんのかね」

希美に愚痴《ぐち》る。

「いや、竜星君は親御さんには感謝してますよ。自分のわがままを認めて、送り出してくれたって話していたことがありますし」

「認めて送り出したのは確かだけど、連絡はして来いって言ったの。あの子が何をしてようとそれはかまわないんだけど、連絡がないと生きてるか死んでるかもわからないじゃない。希美ちゃんだったっけ？　あなた、ちゃんと親御さんに連絡入れてる？」

「あ、いや……」

「ここにも親不孝者が一人、か」

紗由美は拳骨《げんこつ》で希美の頭を軽く叩いた。希美が首を竦める。

「まあ、私も言えた義理じゃないけどね」

にやっとし、肩をポンと叩いた。

「事情はまた話せるときに話してくれればいいから、しばらくうちに来なさい」

「いいんですか？」

「困った人はほっとけない。これはうちの習癖みたいなもの。竜星も含めてね」

紗由美が笑みを濃くすると、希美は少し安心したように頬を緩ませた。

「とりあえず、名前は別名にって話だから、そうねえ……。佐藤《さとう》ユキちゃんでいきましょう。サトウはよくある佐藤。ユキはカタカナでいいわね」

「サトウユキですか。何か、理由でもあるんですか？」

希美が訊く。

「ううん、思いつき」

紗由美が笑う。

「ただ、偽名を付ける時は、簡単でどこにでもいそうな名前がいいの」

「そうなんですか？」

「印象に残らない名前がベスト。それと、本名の字を入れないのも大事。本名の字が一つでも入っていると、偽名の人物になり切れない。偽名を使う時は、まったくの別人になるという気持ちが大事なの」

「なるほど……。でも、どうしてそんなに詳しいんですか？」

希美が紗由美を見つめる。

「私もまっすぐ生きてきたわけじゃないから。知らなくていい知識はいっぱい持ってる」

そう言い、希美の肩を抱いた。

「しばらくは、佐藤ユキ。うちの人材派遣部門の事務員をしているんだけど、次のアパートが見つからなくて、しばらく私が面倒を見ることになった。そういう体《てい》でいくよ」

「わかりました。ありがとうございます」

「しっかり、佐藤ユキになりきってね。あれ、あなたの荷物でしょ？」

ソファーの近くに置いてあるキャリーケースを見やる。

「持ってきて。帰るよ」

「えっ、今からお宅に？」

「心配ない。うちは急なお客さんが来ても誰も驚かない家だから。早く持ってきなさい」

紗由美が言うと、希美は小走りでキャリーケースを取りに行った。

紗由美はその背中を静かに見つめた。

第三章

1

竜星は茨城県鉾田《ほこた》市にいた。手に花の束を持ち、山を上がったところにある開墾《かいこん》された畑の畦道《あぜみち》を奥へ進む。

坂道を上がると海のような水辺が見える。が、それは海ではなく、涸沼《ひぬま》という名前の汽水湖だ。満潮時には、涸沼川を海水が逆流し、淡水と混ざり合う。

シジミの生産地で、魚の種類も豊富。釣りやキャンプ、ウインドサーフィンなどのマリンレジャーも盛んなところだった。

しかし、その涸沼を見下ろす山の中はひっそりとして静かだ。

ひと気のない森の中に入っていく。と、五分ほど上がったところに墓地があった。

昔からある地元の墓地で、苔生《こけむ》した古い墓石もあれば、真新しい墓石もある。

竜星は左奥の墓石に近づいた。真新しい黒御影石《くろみかげいし》の和型の墓だ。

棹石《さおいし》には〝根本《ねもと》家之墓〟と記されている。

階段を上がり、香炉《こうろ》の前に立つ。左手にあったはずの墓誌がなくなっていた。

花立に持ってきた花を添え、敷石に両膝をついた。被っていたフードを下げて顔を出し、手を合わせて、目を閉じる。

合掌していると、背後から気配が近づいてきた。

竜星は薄目を開け、気配に注意した。

「今年も来てくれたんだね、竜星君」

肩越しに振り向く。

コートを着た白髪交じりの頭の紳士が立っていた。眼鏡の奥から竜星を見つめる眼差しは優しげだ。

竜星は立ち上がり、振り返った。

「ご無沙汰しております」

頭を下げる。

「君が毎年、娘の命日の一週間後、ここへ来ていたのは知っていたよ」

紳士は階段を上がった。手には黄色い小さなロウソクを持っていた。

墓石の前で屈み、火を点けて、香炉に立てる。甘いリンゴのような香りが漂ってきた。

「里香《りか》は線香のニオイが嫌いでね。祐子《ゆうこ》の墓参りに来た時はいつもこのアロマキャンドルを供えていたんだ。家にもこのニオイが充満していたよ」

微笑み、手を合わせる。

竜星は少し後ろに下がり、紳士の背中を見つめた。

根本隆之《たかゆき》。根本里香の父親だ。隆之とは知り合って、四年になる。

しばし、合掌していた根本が立ち上がった。

「竜星君、少しうちに寄っていかないか?」

「はい」

竜星が首肯する。

根本が階段を降りて、歩きだす。竜星は少し後ろを歩く。

「もうすぐ春だが、ここは寒いだろう」

「そうですね。けど、東北や北海道よりは全然ましです」

「そうか。君はあちこち旅して回っていたもんな」

根本が笑みを見せる。

それから会話はなく、五分ほど歩いて、山間《さんかん》にある根本の家に着いた。

一軒家だった。元々、根本の家は農家だったそうで、敷地は広い。母屋の他に、納屋《なや》や道具置き場に使っていた小屋もある。しかし、そこには錆びた農工具や使われなくなった家財が放置され、埃を被っていた。

根本が母屋の引き戸を開ける。竜星に「どうぞ」と声をかけ、先に入っていく。

竜星も中に入った。

広い玄関に、男物の靴が二つ置かれているだけだ。玄関から奥に延びる廊下もしんと静まり返っている。

根本は上がって、廊下を進む。竜星も上がって続く。板が軋《きし》む音だけが聞こえる。左右に部屋はあるが、そこに人はいない。

広い居間に通された。猫脚の座卓があり、座布団が二つ、向かい合わせにぽつんと置かれていた。

「コーヒーでいいかな？」

「おかまいなく」

「いや、独りだとなかなかレギュラーコーヒーを淹《い》れる機会もないんでね」

そう言うと、根本は居間を出た。

部屋を見回す。奥に仏壇がある。そこに優しげで少しふっくらとした中年女性と、若くてシャープな輪郭のきりっとした若い女性の遺影が飾られていた。

中年女性が根本の妻、祐子。若い女性は一人娘の里香だった。

仏壇の上の鴨居に飾られている写真は、根本家のご先祖様の写真だった。

里香は竜星と同じ年頃の女の子だった。

知り合ったのは、四年前の夏。大洗《おおあらい》海岸の海の家でアルバイトをしていた時だった。

そこに里香と、ヤングツアラーから救い出した鎌田希美がいた。

年が近かったせいもあってか、三人はバイト中によく話す機会があり、バイト後も食事に行ったり、そのまま海で遊んだりする仲となった。

里香と希美は、共に海外へ行きたいという夢があった。そのためにアルバイトをして金を貯めているという。夢を嬉々として語る二人といると、竜星は癒された。

旅の途中、いまだ、自分の進むべき道を決められない竜星にしてみれば、希望に満ちた二人の姿はまぶしくもあった。

夏が終わった後、希美は故郷である岡山県に帰ると言った。竜星も旅に出る予定だった。

里香がお別れ会を開きたいというので、希美と共に鉾田市にある里香の実家を訪ね、一泊した。

隆之と会ったのは、その時だった。

里香が希美と話し込んでいる中、竜星は隆之と盃《さかずき》を酌み交わし、少し話をした。

里香の母、祐子は、里香が中学二年生の時、病死した。当時はまだ隆之の実父母、里香の祖父母は生きていて、共に暮らしていた。

しかし、そのわずか半年後、祖母が他界し、祖父が倒れ、介護が必要になった。

隆之には仕事がある。里香が家のことを引き受けた。介護と勉強を両立して高校に合格し、一年間は通っていた。

だが、日に日に悪化していく祖父につきっきりになる日も出始め、それでも間に合わず、一学年を修了したその日、高校を中退した。

隆之は、そのことを悔いていた。

当時の状況では、そうせざるを得ず、里香も納得してのことだったとはいえ、娘の人生の最も大事な青春期を家の事情で潰してしまったことに心を痛めていた。

それから三年後、祖父が他界し、ようやく家から解放された里香は、それから二年をかけて高等学校卒業程度認定試験に合格し、大学へ行くつもりで働き始めた。

しかし、日本では、出遅れた若者への風当たりはきつい。学歴偏重はずいぶん解消され、いくつからでもしたい仕事を選択できるという話はよく耳にするが、現実とはかけ離れた話だ。

まだまだ新卒は優遇されるし、学歴の縛りは大きく、タイミングを逃すと、望む就職は難しくなる。

自己責任でそうなるならまだしも、自身の責任でないことでその機会を逸するのは、本人にとっても不本意だ。

社会の実情を知り、里香は日本を飛び出したいと思うようになった。

そして、海外に留学しようと決心し、金を貯め、英語の勉強をし始めた。

隆之は、娘の可能性の芽を摘んでしまったという事実に忸怩《じくじ》たる思いがあり、渡航費は出すと言った。

が、里香は自身の力で海外へ行くことを決めていた。それが、一周遅れてしまった人生を取り戻す道だと思っていた。

隆之は、前を向いて歩く娘を誇りに思い、自分の命が尽きるまで支えてやりたいと、竜星に語っていた。

里香はその後、ワーキングホリデービザを取得し、オーストラリアへと旅立った。

旅先で里香が留学したことを聞いた竜星は、心から喜び、エールを送った。

しかし、そのわずか三カ月後、悲報が舞い込んだ。

里香が死亡したというのだ。

竜星は一報を受け、旅先から根本家へ向かった。

根本家は四十九日も終わり、ひっそりとしていた。

隆之は墓まで案内してくれた。そして、その時、里香が自殺をしたと聞かされた。その原因は、就労先で売春を強要させられていたことだった。

竜星は少しの間、隆之が心配で、根本家で寝泊まりしていた。

滞在して一カ月ほど経ったころ、隆之は「自分はもう大丈夫だから」と竜星に旅を続けるよう促した。

根本家を離れた竜星は、里香をオーストラリアへ斡旋したエージェント会社を調べてみた。

竜星が調べ始めた頃には、すでにその会社は倒産していた。が、代表の男は社名を変え、また新たなエージェント会社を立ち上げ、同様の商売をしていた。

竜星は代表の男と接触し、里香の件を問いただした。

男はしらばっくれたが、その三日後、竜星は何者かに襲われた。

返り討ちにした竜星は、襲ってきた男たちから会社の内情を聞き出した。そして、会社に乗り込んで潰した。

その時、ある人物と出会った——。

隆之がコーヒーを持って戻ってきた。ほろ苦い香りが居間に広がる。

隆之は対面に座り、カップを置いた。

「どうぞ」

「いただきます」

竜星はコーヒーを啜った。濃厚な香ばしさが鼻腔《びこう》を抜ける。

「どうかな？」

「おいしいです」

竜星は微笑んだ。隆之は柔らかい笑みを覗かせた。

「旅はどうだ？」

「変わらずです。あてもなく、ふらふらしているだけですから」

竜星は答えた。

「そういえば、希美さんはどうしているのかな。彼女も海外へ行きたいと言っていたが」

ふと、成田で会った希美の顔がよぎる。が、竜星は表情を変えなかった。

「さあ。あまり連絡を取っていないので、わからないんですが」

「そうか。まあ、それぞれの付き合いや事情もあるだろうから、疎遠になるのも仕方ないがね」

隆之はふと寂しげな影を滲ませる。

「でも、年末年始は連絡が来ます。元気にはやってるみたいです」

竜星は付け加えた。

隆之にとって、里香の地元の友人以外で、夢に向かっていた頃の彼女を知るのは竜星と希美だけ。輝いていた頃の娘を知る者たちの縁が切れるのは寂しいことなのだろう。

「それはよかった。しかし、もう君たちもそれぞれの道を進む頃なのかもしれないね。若い頃の一年、二年は、私たちみたいな年配者のそれとは違う。君もそろそろ娘のことは忘れて、次へ進んでほしい」

隆之はじっと竜星を見つめた。

竜星は何かを見透かされているような気がして、つい目を逸らした。

と、スマホが鳴った。ディスプレイを見る。竜星の眼差しが鋭くなる。

「ちょっとすみません」

竜星は居間を出た。廊下の隅に行き、小声で話す。

「はい……。わかりました。では、明日」

手短に話を終え、居間に戻った。

と、隆之が仏壇の前にいた。アロマキャンドルの香りが漂っていた。手を合わせている。

竜星は隆之の斜め後ろに両膝をついて、正座をした。隆之と同じく、手を合わせる。

隆之は顔を上げて、仏壇の遺影を見つめた。

「竜星君、私は今、これから留学しようとしている若者たちに、海外で学ぶ意義と危険性を啓蒙する活動をしているんだがね」

「それは存じています」

「ちょっと、妙な噂を耳にしたんだ」

「噂とは？」

竜星が訊ねる。

「悪徳エージェントが狼に潰されているという話だよ」

ゆっくりと振り返り、竜星を正視する。

「君も何かそういう噂を聞いていないかな？」

竜星は隆之を見つめ返した。視線を逸らせない。

「……知らないですね」

「そうか。すまないね、つまらない話をして」

「いえ」

竜星は小さく息をついた。

「けど、悪徳業者が潰れるのはいいことじゃないですか？」

隆之に問う。

「業界が浄化されるのはいいことだよ。だが、力をもって相手を制するのは違うと思う。それは根本解決にならない。より強い力が現われれば、その力に屈することになる。違うかな？」

隆之は竜星をまっすぐ見つめたまま話す。

「……そうかもしれませんが、きれいごとでは解決しない問題もあるんじゃないでしょうか？」

竜星は返した。

「若い時はそう思うものだ。また、そういう一面があることも否定はしない。ただ、歴史上、暴力で解決した課題がないのも事実。君のような聡明な若者たちには、もっと広い視野で行動してもらえたらと思うんだ。竜星君」

「はい」

「若さは時に利用される。近づいてくる人を拒絶する必要はないが、気をつけなさい。そして、もしそういうことがあれば、ご両親か近くの大人、私にでも必ず相談すること。一人で突き進んではいけないよ」

隆之は里香の遺影に目を向けた。

竜星は隆之の横顔を静かに見つめた。

2

「ユキちゃん、行くよ」

紗由美は声をかけた。

「はい、今すぐ」

希美は急いで着替え、竜星の部屋を出た。

廊下で古谷《ふるや》節子が待っていた。

「はい、これ」

ミンサー織りの包みを差し出す。

「なんですか?」

希美は訊いた。

「ポーク玉子のおにぎり、二つ入ってる。朝ごはん、食べる暇なかったでしょう。どこかで食べなさい」

「いや、そんな……」

「若い人が遠慮しないの。はい」

節子は包みを希美の手に握らせた。

「じゃあ……ありがとうございます」

希美は頭を下げ、玄関に急いだ。紗由美が待っている。

「じゃあ、行ってきます! あんた! いつまでも寝てんじゃないよ!」

「わかってるよ!」

奥から野太い声が響いた。

紗由美は笑い、希美を連れて家を出た。

「ごめんね、うるさくて。うちはいつもこんな感じなの」

「あの、安達さん……」

「紗由美でいいよ。会社の子たちはみんな、紗由美さんって呼んでるし」

「じゃあ、紗由美さん。おばあさんからおにぎりいただいたんですけど、よかったですか？」

「朝、何も食べてないでしょ？　車の中で食べちゃって」

紗由美とエレベーターで一階に降り、駐車場へ向かう。

「あの……どこへ行くんですか？」

「どこって。会社に決まってんじゃない」

「私もですか？」

「そうよ。うちの事務員ってことになってるでしょ、佐藤ユキちゃんは。実際、人手が足りないからさ。ついでに働いてくれない？　パソコンできるよね？」

「はい、一応……」

「だったら、決まり。ふらふらしてても仕方ないでしょ。よかったら、そのまま働き続けてくれていいし」

紗由美が運転席に乗り込んだ。

希美は紗由美に圧倒されつつ、助手席に乗り、シートベルトを締めた。

車が滑り出した。

「私、偽名なんですけど、大丈夫ですか？」

恐る恐る訊く。

「大丈夫よ。うちにはいろいろ事情のある子も多いから、そのへんはうまくやってる。あなたの給与決済は本名でやっておくけどね。後々、面倒なことになると困るから。でも、表向きは佐藤ユキちゃんで」

こともなげに返す。

なんか、すごい人だな……。

希美は紗由美の横顔を見つめた。

何事にも動じない。どんな話を聞いても、笑顔で受け止める。

昨晩、安達家を訪れたが、紗由美だけでなく、旦那さんもおばあさんも、誰もが希美の急な訪問を、当たり前のような顔をして受け入れてくれた。

おおらかというのか、肝が据わっているというのか。希美も様々な場所で暮らしてきたが、こんなにもあけっぴろげな人々に出会ったことはなかった。

紗由美は竜星の部屋を開放してくれた。部屋はきれいに掃除されていて、竜星の私物はほとんどなかった。

訊くと、竜星が旅に出た後、私物は整理して納戸《なんど》に移し、客間として使っているとのことだった。

「竜星君のお父さん、警察官だったんですよね。竜星君から聞いたことがあります」

「楢さんのこと？」

紗由美がちらっと希美を見やる。

「そうですけど……。なぜ、旦那さんのことを楢さんと呼んでいるんですか？」

昨晩訊けなかったことを、希美は口にしていた。

「あの人は二番目の旦那だから」

「二番目？」

「うん。仏壇があったでしょ？　あの遺影の人が竜星の本当の父親。まあ、竜星が生まれる前に死んでしまったから、実質、竜星にとっては楢さんが父親みたいなものなんだけどね」

「そうだったんですか……。すみません」

希美が小さくなる。

「いいのよ。周りはみんな知ってることだし。ずっと一緒に暮らしてはいたんだけど、籍を入れるまで長かったからね。なもんで、今さら名前で読んだり、あなたなんて言うのもね。他のみんなも同じ。だから、苗字は私の〝安達〟になっているけど、みんな、旧姓の楢山とか楢さんと呼んでるの」

紗由美は苦笑して、続ける。

「ついでに言うと、おばあも他人なんだよ」

「えっ！」

希美が目を丸くする。

「私が楢さんと籍を入れるまでは、旦那もおばあもみんな他人だったの。竜星は私の実子だけどね。でも、本当の家族のように暮らしてきた。で、いつの間にか本当の家族になってた。おばあの後見人は私だし。そういう家があってもいいんじゃない？」

紗由美は笑った。

その笑顔に気負いはなく、柔らかくて深い。希美は心の奥底が温かくなるのを感じた。

「朝ごはん、食べちゃいな」

「はい」

希美は包みを開いておにぎりを一つ取り、一口かじった。

3

「ちょっと買い物に行ってくるわね」

節子はそう言い、家を出た。

「いってらっしゃい！」

楢山は野太い声で言い、起き上がった。ぼさぼさの髪の毛を掻き、杖をついて、キッチンへ向かう。

コップ一杯の水を飲んで、ひと息つく。

リビングに戻って、座卓の前に座る。デジタル時計は十時半を表示していた。

ふうっと息をついて、置かれているサーターアンダギーに手を伸ばす。かじって咀嚼《そしゃく》し、飲み込もうとした時、喉につかえて咳き込んだ。

あわてて、湯飲みを取って、ポットのさんぴん茶を注いだ。口をつける。

「あつっ！」

手元が揺れ、お茶がはねて、ジャージにかかる。

「熱い！」

楢山は布巾《ふきん》を取って、手とジャージを拭った。

ドタバタとして、ようやく落ち着き、さんぴん茶をゆっくりと飲む。

「俺もおじいだな……」

独《ひと》り言《ご》ちて、大きく息を吐く。

このところ、何時に寝ても眠い。疲れもすっきりと取れない。紗由美も節子も病院へ行けというが、それは拒否している。

早めに受診するほうがいいのはわかっているが、もし何か見つかり、病名がつけば、一気に老いるような気がする。

これまで、驚異の元気ぶりが取り柄だっただけに、自身でも感じる衰えが歯がゆくて仕方がない。

　呼び鈴が鳴った。

「はい！」

　声をかけ、のそりと立ち上がる。

　玄関に出てドアを開ける。坊主頭の精悍《せいかん》な男が立っていた。

「おー、戻ってきたか」

　楢山は笑顔を見せた。

「ご無沙汰してます」

　頭を下げたのは、渡久地巌だった。

「一人か？」

「はい」

「まあ、上がれ」

　楢山は促して、リビングに戻った。

　巌は中に入り、楢山に続いてリビングへ来た。座卓を挟んで対面に座る。

「これ、土産です」

　紙袋を差し出す。

　楢山は中身を天板に出してみた。長方形の単行本大の包みがある。表には〝やせうま〟

と書かれている。大分県の郷土料理だ。

四角い箱も出してみる。麦焼酎だった。

「出所して、そのまま大分にいたのか？」

「泰と内間が迎えに来ましてね。湯布院に連れて行かれました」

「そりゃあ、よかったな。務め疲れも取れたろ」

「いや、なんだか久しぶりのシャバに緊張して、逆に休まりませんでした」

巌は苦笑した。

「それ、一杯やりますか？」

巌が麦焼酎を目で指す。

「こいつは夜だ。昼酒はやめた」

楢山は箱のまま麦焼酎の瓶を座卓から降ろした。

「どこか悪いんですか？」

巌が心配そうに見つめる。

「人を病人扱いするな。昼から飲んでると、紗由美ちゃんとおばあがうるせえんだよ」

笑ってみせる。巌も笑みを覗かせた。

「それに、何もしてねえのが家で飲んだくれてるのはどうかと思ってな」

ため息をつく。

と、巌が笑った。

「何がおかしいんだよ」

巌を睨む。

「いや、楢さんが世間体《せけんてい》を気にするようになったんかと思うとね」

巌は笑うのをやめない。

「バカ野郎。俺はいつも、世間の目は気にして生きてきたぞ」

「どこの世間かわからんですね」

「おまえ、もういっぺん、務めてくるか」

拳を握る。

「いやいや、もう遠慮しときますよ。しかし、みなさん元気そうでよかった。お茶もらっていいですか？」

盆に載せた湯飲みとポットを見やる。

「ああ」

楢山は湯飲みを渡した。巌はポットからさんぴん茶を注ぎ、啜った。

「ふう……やっぱ、島の味は落ち着くさ」

そのまま飲み干し、また注ぐ。

「こいつももらっていいですか？」

サーターアンダギーに手を伸ばす。

「好きにしろ」

楢山は笑った。

巌はもそもそとサーターアンダギーを食べ、さんぴん茶で流し込んだ。満足げな笑みを覗かせ、息をつく。

「いい食いっぷりじゃねえか。こっちに戻ってきて、食ってねえのか？」

「戻ってきたのは昨日です。別に自炊できなくても、食うところはいくらでもありますしね」

「いつでも食いに来い」

「そうさせてもらいます」

巌は残ったお茶を飲み干して、湯飲みを置いた。真顔で楢山を見つめる。

「そういやあ、内間と泰から聞いたんですけど、竜星が行方不明とか」

「ああ、その通りだ」

楢山は冷めてきたさんぴん茶を含んだ。

「何やってんですかね？」

「さあな」

「さあなって……。心配してないんですか？」

巌は楢山を睨んだ。

楢山はふっと笑みをこぼした。

「心配はしてるがな。あいつの人生だ。あいつが自分の脚で歩いて、何かを見つけようとしているところを邪魔しちゃいけねえ」

「もしものことがあったら、どうするんですか！」

巌が身を乗り出す。

すると、楢山が笑った。

「そんなことがありゃあ、すぐにわかる。こっちは国家権力だ。本気で見つけようとすればすぐに見つけられる」

楢山が言う。

巌は座り直して、ふっと表情を緩めた。

「それもそうですね。便りがないのは元気な証拠ってことですか」

「そういうことだ。じりじりするがな。待ってやるのも親の仕事だ」

楢山はお茶を飲み干すと、太腿をパンと叩いた。

「おまえ、金武のところにも挨拶に行ってねえだろ」

「ええ、まあ」

「よし。これから行くぞ」

「今からですか！　土産、家に置いてきちまったなあ」

「回ってやる。ほら、行くぞ」

楢山が立ち上がった。片足でスッと立ち上がったが、少しよろける。

巌はとっさに立ち上がり、楢山の二の腕を握った。巌の顔が曇る。

細くなってんな……。

歳を考えれば仕方のないことではあるが、荒々しかった楢山の姿を知っているだけに、一抹の物悲しさがよぎる。

楢山は大丈夫といわんばかりに巌の腕を振り払い、杖を取った。

大股で部屋を出ていく。

巌は楢山の背中を見つめ、後に続いた。

4

鎌田希美の父、信彦は、静岡県浜松《はままつ》市にいた。そこで学習塾の講師をしている。

益尾と真昌は、正午前に浜松駅に着いた。

さっそく、信彦が働いている塾に寄ってみたが、今日は休みだった。

二人は駅前に戻ってきていた。

「いやでも、驚きましたね。鎌田が独身と言っていたなんて」

真昌が歩きながら言う。

塾長に話を聞いたところ、信彦は面接時、塾長に独身と語っていた。娘がいるのは初耳だという。

信彦が浜松の塾に来たのは三年前で、以来、信彦を訪ねてきた者は皆無。就業時間中にプライベートなやり取りをしていたこともなかったと話していた。

信彦は他の職員とも懇意にはしていなかったという。

「やっぱり、過去を隠したいんですかね」

真昌が言う。

「まあ、褒められた経歴ではないからね。それも仕方ない」

浜松駅に辿り着いた。

「鎌田信彦のアパートに行ってみますか？」

真昌が訊いた。

と、益尾は少し腕組みをした。

「彼が家族のことを伏せていたということは、娘と連絡を取っていない可能性も高いな
……」

益尾はぼそっとつぶやき、腕を解いて顔を上げた。

「真昌は信彦さんのところへ行って、事情を訊いてみてくれ」

「益尾さんは？」

「僕は母親のところへ行ってみる」

益尾が言う。

希美の母親、君枝《きみえ》の住所は兵庫県神戸市と聞いている。

「信彦さんに事情を訊いたら、新幹線で新神戸に来てくれ。そこで連絡を」

「わかりました」

真昌は言うと、タクシー乗り場へ行った。

真昌がタクシーに乗り込むのを確認し、益尾は駅構内へ入っていった。

5

真昌は浜松駅から十分ほど南へ下った場所にあるアパートの近くで、タクシーを停めた。金を払って降りる。東側の生垣《いけがき》の奥には下水を処理する浄化センターがあり、その先には馬込川《まごめがわ》が流れている。

アパートの周りは一軒家や畑に囲まれ、のんびりとした空気が漂う。低層住宅が多いからか、空が広く感じられた。

スマートフォンで場所を確認し、路地に入っていく。まもなく、駐車場が見え、二階建てのアパートが見えた。

アパートは全六部屋で、建物の真ん中に階段があり、一階に三部屋、二階に三部屋あった。

駐車スペースには、軽自動車が二台停まっていた。事前に信彦が使用している車のナンバーは調べていた。黒いハイトの軽自動車が信彦の車だった。

車が置いてあるということは、室内にいるのだろうと思われる。

信彦の部屋は二階の二〇一号室だ。腰壁に囲われた直階段を上がっていく。向かって左手が二〇一号室だった。

ドアの前に立つ。呼び鈴はない。ノックした。

「鎌田さん、いらっしゃいますか？」

返事はない。

ドアに耳を近づけてみた。もう一度、ノックする。

「鎌田さん、いませんかー？」

声をかけると、床の軋みが聞こえた。

いるようだ。

新聞受けがある。真昌はそこを開けて、小声で中に話しかけた。

「警察です。お嬢さんの事でちょっとお話が」

　その言葉を聞き、床の軋みが一瞬止まった。

　真昌は立ち上がって、少し身なりを整えた。覗き窓がある。真昌は身分証を出し、胸元あたりで開いて見せた。

　少し間があり、ロックの外れる音がした。ゆっくりとドアが開く。

「鎌田信彦さんですね。沖縄県警組織犯罪対策課の安里と申します」

「沖縄？　どういうことですか？」

「詳しい話は中で。立ち話だと、ご近所さんにも聞かれてしまいますから」

　真昌が言うと、信彦は周りをきょろきょろと見回した。そして、ドアを大きく開いた。

「どうぞ」

「失礼します」

　真昌は会釈して、中へ入った。

　信彦はすぐドアを閉めた。そのまま奥の部屋へ入っていく。

　真昌は靴を脱いだ。三和土《たたき》は靴を三足も置けば一杯になるほど狭いが、室内は思っていたより広い。

　上がってすぐの左並びにキッチンがあり、右にはトイレのドアがある。その先には、左に引き戸、右に開き戸がある。開き戸の脇にバスタオルがかかっているところを見ると、風呂場なのだろう。

真昌は引き戸の部屋へ入った。畳敷きの部屋で十畳はありそうだ。テーブルと座椅子が置かれていて、右手には押入れがある。本棚があり、そこには参考書や学術書が並べられている。ノートパソコンとスマホも本棚の下段に置かれていた。

簡素な部屋だが、窓は大きく、日差しも入るので、落ち着ける空間だった。

「誰かが訪ねてくるとは思ってもいなかったので、座布団もないですが」

信彦は座椅子を動かそうとした。

「自分は大丈夫です」

手のひらを立てて断わり、玄関に近い方へ座ってあぐらをかいた。

「インスタントコーヒーしかないですが」

「いやいや、本当におかまいなく。お座りください」

真昌は向かいの座椅子を手で指した。

信彦は何も用意せず、向かいに腰を下ろした。座椅子はよけて、正座をした。それを見て、真昌もあわてて正座をする。

と、信彦が微笑んだ。

「正座は苦手なんでしょう？　どうぞ、脚を崩してください」

そう言い、自分もあぐらをかいた。

「すみません、失礼します」

真昌はぺこりと頭を下げ、正座を解いた。

ひと息ついて、信彦が先に口を開いた。

「それで、娘が何かしたんでしょうか？」

信彦は心配そうな顔を覗かせた。

真昌は笑顔を見せた。

「娘さんが犯罪を犯したわけではありませんので、その点はご安心ください」

そう言うと、信彦は強ばった表情を少し和らげた。

「娘さんが、今、私たちが調べている事件の目撃者となったようなので、居所を捜していました」

「希美は東京のアパートにいるはずだが」

「そこには二、三年、戻っていないんです」

「戻っていない？　そんなはずはない。私がずっと家賃を払っている」

「住民票はそのままですが、帰っている様子はないようですね」

「あいつは何やってんだ……」

信彦は拳を握り、歯ぎしりをした。

「娘さんは、あちこちでアルバイトをしていたようです。留学をするために」

「留学？　聞いていないが」

　信彦は怪訝そうな顔を見せた。

「希美は専門学校に通っているんじゃないのか？」

「大学を中退した後、観光系の専門学校に入り直しましたが、もう修了しています」

「修了しているのか！」

　驚いて、目を見開く。

「はい。その後、恵比寿にあるフレンチレストランで働いていましたが、三カ月で退職。以後、アルバイトをしながら全国各地を転々としていたようです。ご存じありませんでしたか？」

　真昌が訊くと、信彦はしばし唖然として、顔を伏せた。

「娘さんと最後に連絡を取ったのは、いつ頃ですか？」

「……五年前くらいか」

　小声で答えた。

「アパートの家賃を出しているんですよね？」

「そうだが……。それは、希美が大学を中退し、専門学校に通うと聞いて。何の専門学校かは聞いていなかったが、学費は自分で払うと言っていたそうなので、せめて、親として、家賃は援助してやりたいと思って」

「その時に話したんですか？」

「いや……話したのは、もっと前のことだ」

信彦は言葉を濁した。

おそらく、信彦と君枝が高梁市の家を出て別居する時あたりに話したのだろうと察する。しかし、そこは詰めなかった。

「では、その後、娘さんがどこでどうしているかは、わからなかったんですね？」

「実家の母から、少しは聞いていたんだが、それ以外のことは。直接の連絡先も知らないのでね」

「アパート更新の件などは、どうやって連絡を取っていたんですか？」

「不動産屋には、更新時の連絡は直接私に入れるよう頼んでいる」

「娘さんの動向はわからないものの、そのまま契約を続けていたということですね？」

真昌が念を押す。信彦は渋々うなずいた。

「わかりました。お休みのところ、お邪魔しました」

笑顔を向け、立ち上がる。

「もう、いいのか？」

「はい、ありがとうございました」

一礼して、玄関へ出る。靴を履き、振り返った。

「アパートのことで、娘さんから連絡があるかもしれません。その時、今いる場所を訊いて、教えていただけるとありがたいです」

そう言い、名刺を差し出す。

信彦は反射的に受け取った。

「何か思い出した時も、気軽にご連絡ください。では、失礼します」

真昌はもう一度頭を下げ、ドアを開け、外に出た。

ドアを閉め、階段を降りたところで一つ息をつく。

「さすが、益尾さんだなあ」

思わずつぶやき、信彦の部屋を見上げる。

益尾は、信彦からはたいした情報が取れないと見て、神戸の母親の下へ急いだのだろう。そうした瞬時の判断力は勉強になる。

真昌はアパートの駐車場を出て、浄水センターの生垣沿いの道路まで歩き、路肩に寄ってスマートフォンを出した。

益尾に連絡を入れようと思った。

その時、目の前を車が通った。3ナンバーの高級外車だ。

このあたりの車は軽自動車やコンパクトカーが多かった。子供がいるであろうところにはミニバンが停まっている程度。高級外車は見かけなかった。

通り過ぎる時、中を見た。スーツ姿の男たちだったが、目つきが悪い。運転手はフロントを睨みつけている。

助手席の男は、一瞬だったが、真昌と目が合うとすぐさま視線を逸らした。

違和感を覚えた。交番勤務時代なら、職務質問をかけてもいいレベルだ。

高級外車は、真昌が出てきた路地に入っていく。

真昌は車の後を追った。高級外車は信彦の住むアパートの前で停まった。

駐車場に入れる気配はない。住民ではないようだ。

駐車場近くの空きスペースに寄せた車のドアがすべて開いた。運転手を含めて四人の男が降りてくる。

男たちはぞろぞろと階段を上がっていった。

真昌は車の全景とナンバーを撮影し、スマホを上着の横ポケットにしまった。

アパートに近づく。ノックをする音がした。

「鎌田さーん！」

野太い声で声をかけ、乱暴にドアを叩いている。

アパートを覗き見る。一人がドアを叩き、他の三人はドアを囲むように立っている。そのうち一人は周囲を見回していた。

真昌は陰から出て、ゆっくりとアパートに歩いて行った。階段を上る。

真昌を認めた男の一人が睨みつけてきた。真昌は男を見て、笑顔を向けた。男は視線を外さない。

真昌は笑顔のまま、男たちに近づいていった。ノックしていた男が手を止めた。男たちの目が真昌に向く。

手前の男が遮るように真昌の前に立つ。

「なんだ、てめえは？」

真昌を上から見下ろした。

「いや、うるさいんで、何かなと思って」

真昌は笑顔を崩さない。

「てめえには関係ねえことだ。向こうに行ってろ」

男が手のひらで真昌の胸をついた。

が、真昌はびくともせず、仁王立ちしている。男の顔が一瞬ひきつった。しかしすぐ気を取り直し、肩を張って、真昌に顔を近づけた。

「おい、こら。ふざけた真似してると、痛い目に遭うぞ」

眉を吊り上げて脅す。

真昌は声を立てて笑った。

「何がおかしいんだ！」

男が怒鳴る。他の男たちも気色ばんだ。

真昌は目の前の男を見上げた。

「痛い目に遭わすって、そりゃ無理だ」

「なんだと！」

「だって、俺。強《つえ》えからよ」

「ふざけんな、ガキ！」

男は胸ぐらをつかもうと左手を伸ばした。

真昌はスッと膝を曲げ、上体を落とした。一歩右足を踏み込むと同時に、正拳突きを男の腹部に叩き込む。

男は腰を折って、よろよろと後退した。後ろの仲間にぶつかり、その男もよろける。

一気に現場が殺気立つ。

真昌の右手にいた男が前蹴りを放った。真昌は右脇の下で男の脚を受け止めた。ふくらはぎを持って、背を反り返す。

男の体が浮き上がった。そのまま廊下の柵の方に投げる。

男の背中が柵の上部に当たった。男の体が柵に乗り、宙へ飛び出す。男は半回転し、下へ落ちた。車のルーフでバウンドし、駐車場に転がる。

最初に殴った男が殴り掛かってきた。真昌は腕を掻い潜り、懐で反転した。頭の脇にある男の伸びた腕をつかむと同時に腰を跳ね上げた。

背負い投げの形になった。男の腕を離す。男は階段の壁にぶつかり、そのまま階段を転げ落ちた。

もう一人の男が背を向けた真昌に迫る。真昌は気配を感じ、しゃがんだ。同時に右脚を伸ばし、足底で男の脛《すね》を蹴った。

男は真昌の頭を飛び越えて廊下にダイブし、顔面から落ちて滑った。

立ち上がった真昌は、うつぶせになった男の方に飛び、背中を踏みつけた。男は反り返って息を詰め、気絶した。

「なんだ、てめえは！」

後方にいた男がポケットからナイフを出した。

真昌は振り返った。

「あらあら、そんなもん出していいんか？」

男の手元に目を向ける。

男がにやりとする。真昌はその男を笑顔のまま見つめた。

「ぬー、くるさるんど」

真昌の顔から笑みが消えた。瞬間、真昌は男との間合いを詰めた。速い。

男は真昌の動きに驚き、少し腰を引いた。真昌の突撃を止めようとするかのようにナイフを手にした右手を伸ばす。

真昌は飛び上がった。そして、右足刀蹴りを放った。

男の顔面に真昌の靴底がめり込んだ。男の顔が歪む。

真昌が膝を伸ばした。

弾かれた男は、廊下の壁を突き破った。くの字に折れた体が放物線を描いて、一階の家の庭に落ちる。

男は庭の芝で二度、三度と転がり、うつぶせになって動かなくなった。

真昌がひと息ついていると、信彦の部屋のドアが恐る恐る開いた。

「何が……」

ドアの隙間から信彦が真昌を見やる。

「たいしたことはありません。一一〇番してくれますか？」

「あ、わかりました」

信彦が引っ込む。

アパートにいた下の階の住人や周りの家の人たちも出てきていた。

真昌は二階の廊下から少し身を乗り出した。

「みなさん、お騒がせしてすみません！　警察です！」

身分証を出して掲げ、見上げる住民に向けた。

「所轄署には連絡しました。じきに警察官も到着しますのでご安心ください」

真昌は声をかけ、地上に落ちた三人を見やった。三人ともものびている。

男たちが動かないことを確認し、通路に倒れている男の下に歩み寄った。通路の壁が死角となっていて、下からは見えない。

真昌は男を仰向けに返し、腹をまたいで、両腕を脚で押さえた。

「ほら、起きろ」

一発、二発と平手で軽く頰を叩く。

男は呻いて目を開いた。真昌を認め、起き上がろうとする。が、真昌から馬乗りで押さえられていることに気づき、蒼ざめた。

「何度も訊かないぞ。おまえら、何者だ?」

左手で胸ぐらをつかみ、右手で頰を叩く。

男は顔をしかめるが、話そうとはしない。

「鎌田さんに何の用だ?」

もう一度、頰を叩く。しかし、男は口を割らない。

「おまえは誰で、何の用で来た?」

真昌はぴたぴたと平手打ちを続ける。力は入れていない。だが、ずっと続けられると、気持ち的にきつくなってくる。

「答えるまで、やめねえぞ」

真昌は男を睨み、平手を続けた。

と、男が口を開きかけた。

その時、パトカーのサイレンが聞こえてきた。ふっと音のした方に顔を向ける。

男が体を大きく揺さぶった。首を傾けていたせいで、少し体軸がずれていた。左脚が上がり、男の右腕が抜ける。

男は真昌の胸元を突き飛ばした。腰が浮き、思わず後ろによろけ、尻餅をついた。

男はその隙に立ち上がった。壁をつかんで、乗り越える。

「待て！」

真昌は立ち上がって、男の方へ手を伸ばした。

男が飛び降りた。着地してすぐ前転する。そして駆け出し、車に乗り込んだ。

「待て、こら！」

真昌も地上に飛び降りた。

エンジンがかかった。タイヤがスキール音を上げ、ゴムの焦げた臭いと白煙が立ち込める。

真昌は駆け寄って、車のどこかをつかもうと手を伸ばした。

しかし、車は急発進した。

少し走って追いかけたが、車は急加速し、路地から通りに出た。曲がった時に電柱にぶつかり、サイドミラーが壊れた。

それもかまわず、アクセルを踏み込んでいる。車のテールランプがあっという間に遠のいた。

路地の反対側からパトカーが入ってきた。

真昌はパトカーに駆け寄った。身分証を見せた後、すぐにスマホを出し、撮った写真を見せる。

「マル被、逃走しています。追跡願います」

真昌が言うと、助手席にいた警察官が写真を見ながら無線で検問と追跡の手配をした。

警察官は真昌にスマホを返すと、ドライバーに指示をし、車を追った。

もう二台、パトカーが入ってきた。真昌は駆け寄って身分を示し、倒れている男たちを検挙するように頼んだ。

警察官たちは車を降り、素早く男たちに手錠をかける。

その様子を見ながら、真昌は益尾に電話をかけた。

「……もしもし、真昌です。鎌田信彦さんのところに妙な連中が現われました。一人は逃がしましたが、三人は拘束しています。はい……わかりました。こっちで取り調べをして、また連絡します」

真昌はパトカーに乗せられる男たちを見つめながら話した。

6

竜星は京王新線初台《はつだい》駅に隣接する東京オペラシティの地下一階にあるサンクンガーデンにいた。

サンクンガーデンは、オペラシティの吹き抜けにある円形スペースのことで、噴水広場のような趣だ。立ち木に囲まれ、大階段の向かいにシンギングマンという天を見上げるアルミの人型の彫刻がそびえ、晴れた日は陽光を浴びて輝いている。

カフェやコンビニなどもあり、ちょっとした休憩スペースとして利用されていた。

円形の二階通路が屋根となっていて、その下には一服できるテーブルや椅子もある。

竜星は端の席に座ってフードを被り、カフェオレを飲んでいた。

顔をうつむけてはいるが、フードの端から覗く視線は常に周囲を注視している。

十分ほど座っていると、ふっと気配が近づいてきた。

「こちら、よろしいですか？」

スーツ姿の中年紳士が声をかけてきた。

「どうぞ」

竜星は少し顔を上げ、小声で言った。

中年紳士は竜星の向かいに腰かけた。手に持ったコーヒーを一口啜り、テーブルに置く。

「フードくらい取ったらどうだ、安達君」

男は周りの景色を眺めるふりをし、たまたま相席したふうを装いながら、竜星に話しかけた。

「東京にも知り合いが多いもので」

竜星はうつむき加減のまま答えた。

「まあいい。君の働きには感謝しているよ。悪徳業者はずいぶん減った。狼の噂を耳にして、自主廃業する者たちもいる」

「それはよかった」

竜星は感情のない平坦な返事をした。

「しかし、先日のヤングツアラーの件はいただけない。ヤングツアラーについては、まだ調査中だった。彼らがワーホリを利用して海外へ女性たちを送り込んでいることはわかっていたが、受け入れ先の業者の調査がまだ終わっていなかった。ヤングツアラーに関わっていた受け入れ業者は、消えたとの報告を受けたよ」

「すみませんでした」

竜星は詫びた。その声にも感情は薄い。

「済んだことは仕方がない。しかし、冷静な君にしてはめずらしいな。何があった？」

「……たまたま、ヤングツアラーの連中が根城にしている場所が近かったので、つい」

竜星は言った。希美のことは伏せた。

「君に〝たまたま〟はないと思うが。まあ、詳しくは訊くまい」

中年男性はコーヒーを手に取り、また一口飲んだ。

「話は変わるが、そろそろ警察が動き出した」

カップを持ったまま、テーブルに両手を置く。

「本格的に〝狼〟を捜し始めたようだ。ここから先は仕事がしにくくなる。君も逮捕される可能性が高くなる。ここで手を引くなら、それでもかまわない。どうする？」

中年男性はシンギングマンを見上げた。

竜星は男の横顔を一瞥《いちべつ》した。

「僕は引きませんよ」

「そうか。そう言うとは思っていたが。本当にいいのか？」

男性が念を押す。

「はい。悪徳業者を野放しにしておけば、被害者が増えるだけですから。僕が動けるうちに、一つでも多くの悪徳業者を潰しておきたい」

「わかった。五十四階展望レストランフロアの北側トイレの一番奥の個室に、次のターゲットの情報と活動費を置いてある」

「ヤングツアラーの社長が持っていたデータを入れたUSBを置いておきます」

竜星は言い、脇に置いたバッグを取り、立ち上がった。中年男性に背を向ける。

中年男性が竜星のいた椅子を見ると、親指大のUSBメモリーが置いてあった。

中年男性も立ち上がり、そのUSBメモリーを取ると、人混みの中に消えていった。

竜星は肩越しに中年男性が去っていくのを確認し、二階まで上がった。そこから、五十四階直通のエレベーターに乗り込んだ。

エレベーターの中でも、竜星はうつむいたままだった。

手を引くなら、かまわない。中年男性が口にした言葉が脳裏をよぎる。

このへんが潮時なのだろう。竜星自身も感じていた。

中年男性は星野隼平という名前だ。自身で星野海外留学研究所という留学エージェント会社を立ち上げ、何人もの若者を外国に留学させていた。

竜星が星野と会うきっかけとなったのは、根本里香の訃報《ふほう》を知り、竜星が星野の会社に乗り込んだからだった。

里香は星野の会社で留学手続きをし、オーストラリアへ渡航した。

里香を自殺に追い込んだ会社を潰そうと思っていた。

しかし、里香をオーストラリアへ送り込んだのは、星野海外留学研究所の名前を利用した別会社であることがわかった。

竜星はその会社を潰した後、星野に詫びを入れに行った。

そこで、星野が言った。

業界としても星野個人としても、そうした悪徳業者には困惑し、若者の夢と若さを食い散らかすことに怒りを感じている。

だが、警察の協力を得ても、悪徳業者は逃げては別名で同じ事業を立ち上げることを繰り返し、いたちごっこになっている。

できることなら、自らの手で潰したい。

とはいえ、従業員や多数の留学生を抱える自分にはどうにもできないと。

その時、竜星は自分がその役目を引き受けると申し出た。

星野は戸惑ったが、竜星と思いは同じ。竜星が動けるよう、情報と活動資金を提供することで折り合った。

星野の情報は的確だった。おかげで、多数の若者を救うことができている。

だが、死人を出してはいないものの、毎回現場は多数の重傷者で埋め尽くされ、オフィスは完膚なきまでに破壊されている。

襲われているのが悪徳エージェントだとわかっていても、さすがに警察も黙ってはいられない。

五十四階に着いた。人目を避けるようにトイレに直行し、奥の個室に入った。

トイレットペーパーホルダーの下をまさぐる。コインロッカーの鍵が取り付けられていた。

データと活動資金の受け渡しは、基本、駅のコインロッカーを使っている。

竜星は手のひらの鍵を見つめた。

もう一仕事して、引くかどうか考えよう。

そう思い、鍵を握りしめた。

第四章

1

益尾は新神戸駅に着いて、そこからタクシーで鈴蘭台《すずらんだい》へ向かっていた。

鈴蘭台は六甲山《ろっこうさん》の西側にある住宅地だ。阪神地域のベッドタウンとして栄え、開拓した平地には一軒家や団地がひしめいている。

新神戸駅からは北西へ車で二十分ほど走れば到着する。

山麓《さんろく》バイパスを抜け、国道428号線に入ったところで、スマホが鳴った。

ディスプレイを見る。真昌からだった。電話に出る。

「もしもし、僕だ。うん……うん、そうか。わかった、君はそっちで所轄署の取り調べに協力して、情報を取ってくれ。希美さんの母親の話を聞いたら、僕もそっちへ行く。大丈夫、気をつけるよ。では、よろしく」

さらっと指示を出し、電話を切った。

山間に広がる住宅地を西進して、目的地に着いた。

希美の母、鎌田君枝は、鈴蘭台の団地群の一部屋で暮らしていた。

一九五〇年代後半から大規模開発された団地群は、一時期、建物の老朽化と住民の高齢化で過疎化していた。だが、都市再生機構がリフォームし、行政が住宅補助を出す等の様々な施策を打ち、近隣にも飲食店やコンビニエンスストア、病院、学校などができた。おかげで、近年はまた若いファミリーやUターンした昔の住民などで賑わいを取り戻しつつある。

よそから来た住民も増え、新たなニュータウンを形成しつつあった。

タクシーを降りる。同じような建物が敷地を埋め尽くしている。

益尾は思わず、全景を見渡した。

と、車の中から、運転手が声をかけてきた。

「にーさん。迷うたときは、壁の番号を辿っていけばええで」

言われ、団地の壁を見てみる。上部右端に数字が書かれていた。

「そこいらで日向ぼっこしとるじーさんばーさんに訊いてもしゃーないで。もうろくしとるから」

運転手は笑いながら後部ドアを閉め、走り去った。

益尾は苦笑してテールランプを見送り、敷地内に入った。

「えーと、20号棟だな」

手元のスマホで住所を確認し、壁の番号を見上げながらゆっくりと歩く。

あちこちの棟へ延びる歩道は広く、ところどころに公園もある。ベンチでは高齢者が日向ぼっこをしながら雑談し、学校帰りの子供たちが駆け回っている。

植込みや芝もよく整えられていて、のどかな光景が広がる。

しかし、建物が多すぎて、お目当ての棟を探すのには苦労していた。

うろつくこと十分、ようやく20号棟を見つけた。

角柱タイプの建物で、横長タイプの建物のように階段が複数あるわけではなく、真ん中に一つ昇降階段があり、左右に部屋がある造りとなっている。

このタイプは全室が角部屋となるため、人気も高い。

階段の前には駐車場があり、軽自動車からミニバンまで、さまざまな車が停まっていた。

その脇には自転車置き場もあり、複数の自転車が置かれている。

鎌田君枝の部屋は五階の五〇二号室だった。エレベーターはない。

集合住宅では一般的に高層階が人気だが、エレベーターのない建物では階段を使わざるを得ず、逆に敬遠される。その分、家賃は安くなる。

益尾の脚でも重くなるほどの階段を上がり、ようやく最上階に辿り着いた。一つ息をついて、右手の玄関のインターホンを押した。

——どちらさまですか？

女性の声が聞こえてきた。

「警察の者です。希美さんのことで少々お伺いしたいことがありまして」

小声で言ったが、声がホールに多少響いた。

やや間があって、ドアが開いた。チェーンをかけたまま、少しだけ開いて顔を覗かせる。

益尾はすぐに身分証を出して、示した。

「警視庁の益尾と申します」

さらに小さな声で告げる。

君枝は身分証を確認すると、いったんドアを閉めてチェーンを外し、再び開いた。

中背細身の女性が姿を見せた。

「どうぞ」

君枝は伏目がちに益尾を招き入れた。

わりと広めの三和土には靴とサンダルが一足ずつ置かれているだけ。右手に設《しつら》えられた下駄箱の上にも何もない。

「失礼します」

益尾は家に上がった。

玄関正面には八畳のダイニングキッチンがあり、左手の襖越しには六畳間がある。キッチン並びに小さな食器棚と冷蔵庫があり、手前にはテーブルと椅子を置いている。六畳間は寝室なのだろう。君枝は益尾が入ってくる前にそっと襖を閉じた。

「お座りください」

益尾は座った。

君枝が玄関側の椅子を指した。

「お茶でよろしいですか？」

「おかまいなく」

益尾は言う。

君枝はワークトップに置かれていた急須に茶葉を入れ、ポットのお湯を注いだ。食器棚から湯飲みを二つ出し、慣れた手つきで茶を淹れる。

益尾は部屋の様子を見ていた。物は少なく、よく整頓され、掃除も隅々まで行き届いた部屋だった。丁寧に暮らしているようだ。

君枝は湯飲みを益尾の前に置いた。

「どうぞ。お客様用のものは揃えてないので、ごめんなさいね」

「いえ、ありがとうございます。いただきます」

益尾は湯飲みを取り、茶を啜った。ほろ苦い中にほんのりと甘さを感じる茶が喉を潜る。

「天袋《てんぶくろ》があるんですね」

益尾が襖の上を見る。天袋とは押入れ襖の上部にある物入れだ。昔の一軒家や集合住宅にはよく見られた収納スペースだった。

「リフォームしても、建物自体は古いですから」

君枝は微笑み、両手で湯飲みを包んだ。

「景色もいいですね」

益尾は君枝の後ろの窓を見つめた。20号棟は公園に接していて、向かいの団地までに空間があるので、日当たりもよく、見晴らしも申し分なかった。

子供の声や車の音も響くほどではなく、やんわりと聞こえてくるので、のどかで心地よい。

「住環境はとてもいいいんですけど、階段しかないのは、お年寄りやご家族にはちょっと厳しいですね」

君枝が窓の外に目を向ける。

「おかげで、私はすんなりここに入れたんですけど」

そう言って微笑み、益尾に顔を戻す。

「ここへいらしたということは、高梁の家に寄られたということですね。ここの住所は義母しか知りませんから」

「その通りです」

「うちの醜聞《しゅうぶん》もお聞きになっているんですね？」

「事情は伺いました」

益尾は答えた。

「なら、おわかりいただけると思いますが、希美が今どこで何をしているのか、私は知りません」

君枝は言った。

どこか突き放すような言い方だった。

「最後に希美さんと連絡を取り合ったのはいつですか？」

「三年……いや、四年かな」

「どんな話をされましたか？」

「元気かどうかを聞いたくらいでした。話すこともあまりなかったもので」

早く終わってくれとばかりの返答だ。

しかし、あまり話したくないのであれば、玄関で益尾を追い返せばよかっただけのこと。家に上げたということは、娘のことを気にしているからだろうと踏んだ。

「娘さんの居所がわからないのであれば、仕方ありません。あまり長居しても申し訳ありませんので」

益尾は茶を飲み干して、テーブルに置いた。いったん腰を浮かせて、座り直す。

「あ、一応、何があったかお知らせしておきます。希美さんはある事件の現場に遭遇し、犯人を目撃している可能性があるんです。その犯人は狼と呼ばれていて、多くの者に重傷を負わせています」

益尾は少し重めのトーンで話した。

「また、先ほどなんですが、浜松のご主人宅が何者かに襲われました」

「えっ！」

先ほどまで冷めた表情を作っていた君枝の顔が強ばった。

「うちの者を行かせていたので事なきを得ましたが、どうやら、狼にやられた連中が、やはり希美さんを捜し回っているようです。ここや高梁の家にも来るかもしれませんので、警護パトロールを要請しておきます。過度に恐れる必要はありませんが、注意しておいてください。ともかく、そういう状況なので、娘さんから連絡があったら、私にすぐ知らせてください」

そう話し、名刺を出して、テーブルに置いた。

「では――」

腰を浮かせる。

「待ってください！」

君枝が益尾を見つめた。

「実は、娘から十日くらい前に連絡があったんです」

「そうだったんですか」

微笑み、座り直す。

益尾は君枝の雰囲気から、何かを隠している、もしくは何があったのか知りたがっているると察した。

なので、去り際にちょっとだけ君枝が気になる情報を流してみた。

食いつかなければ、本当に母娘は絶縁状態とわかる。しかし、君枝は食いついた。

読み通りだった。

益尾は仕掛けたことをおくびにも出さず、話を続けた。

「十日前、希美さんは何と？」

「留学すると言っていました。シンガポールに。その出発前に連絡をくれたんです」

「そうでしたか。希美さんが留学を希望していたことは知ってらっしゃったんですか？」

「ええ。四年くらい前だったかな。自分の足で歩いている友達と出会ったと嬉しそうに連絡をしてきて。その人たちと話しているうちに、海外へ行こうと思ったと。留学資金は自分で貯めるから大丈夫だとも言っていました。そして、時々、連絡をくれていたんですが、三年前、一度ぱったりと連絡が途絶えました。私は希美が外国へ旅立ったものと思っていたんですが、そうではありませんでした」

「何があったんですか？」

「四年前に知り合った友達が留学先で亡くなったそうです」

「亡くなった？　理由はご存じですか？」

「そこまでは聞いていませんが、その後、外国へ行くのが怖くなったと話していました。けど、それから三カ月くらいしてまた、海外へ行くと言い出しました。その亡くなった子の遺志も継ぎたいと」

「亡くなられた友達の名前はご存じですか？」

「確か……リカさんと言ってたかな」

「苗字はわかりますか？」

「いいえ。希美と話す時は、あまり細かくあれこれ訊くことはありませんでした。あの子の人生を苦しいものにしてしまったのは、私たちですから……」

君枝は目を伏せ、湯飲みを握った。

「私もできる限りの応援はすると言いました。お金も少ないですが、援助すると。でも、大丈夫だからと。それからまた連絡がなくなって、十日前に久しぶりに連絡が来たんです。自分の力で夢を叶えようとしている娘に申し訳ないと思う傍ら、誇りにも感じていました。刑事さん、希美は大丈夫なんでしょうか？」

　君枝は益尾を見つめた。

　それは、先ほどまでの冷ややかな目ではなく、娘の身を案ずる母の温かい眼差しだった。

「今はまだ大丈夫です。我々も全力で希美さんのことを守ります」

　益尾は言い切った。

　君枝が安堵したように息をつく。

「鎌田さん、希美さんの電話番号やメールアドレス、SNSのアカウントなど、本人とコンタクトを取れる情報があれば、教えていただきたいのですが」

「わかりました。こちらの番号にショートメッセージを送ればいいですか？」

　君枝が名刺を目で指す。

「はい、お願いします」

　益尾が言うと、君枝が作業を始めた。

「それと、ご主人は今、近隣の高校で臨時講師をされていると伺っていますが」

「そうです」

　君枝は作業を続けながら返事をした。

「急なお願いで申し訳ないのですが、可能なら、休暇を取って、高梁のお義母さんの家に戻っていただけませんか？」

「すぐにですか？」

手を止め、顔を上げる。

「はい。妙な連中が動いているとわかった今、高齢者を一人にしておくのは心配です。それに、一カ所にまとまっていてくれたほうが、警護もしやすいですし」

「でも、お義母さんは私のことを……」

「心配ありません。ご主人、息子さんの信彦さんについてはかなり強く非難されていましたが、あなたについてはそうした言葉はありませんでした。息子のせいで、あなたまで高梁にはいられなくなったと話していましたから」

「そうですか……」

「お義母さんも希美さんのことは心配しています。気持ちはあなたと同じです。お義母さんを守る意味も兼ねて、一緒にいてあげてくれませんか？　それに、君枝さんが高梁の家に戻ったと連絡を入れれば、希美さんからなんらかのコンタクトがあるかもしれません。高梁に戻ってくることもあり得ます」

益尾は言う。

君枝はしばしうつむいて押し黙った。そして、スマホを握りしめ、顔を上げた。

「わかりました。すぐにとはいきませんが、早いうちに高梁に戻ります」

「ありがとうございます」

益尾は太腿に両手を置いて、深く頭を下げた。

2

「ユキちゃん、帰るよ」

　紗由美は希美に声をかけた。

「はい。ありがとうございました」

　希美は隣でオリエンテーションをしてくれていた女性に挨拶をし、自分のバッグを取って、オフィスを出た。

　紗由美と並んで、エレベーターホールに向かう。

「どうだった？」

「はい、勝手がわからないので少し苦労しましたけど、慣れればなんとかできそうです」

「よかった。じゃあ、このまま明日からも続けてもらっていいかな？」

「ぜひ、お願いします」

　希美はぺこっと頭を下げた。

　エレベーターへ向かう間、従業員は紗由美の姿を認めては声をかけてくる。紗由美は時に足を止め、一人一人の話を聞く。

　希美は少し離れたところで、その様子を見ていた。

紗由美が戻ってきた。

「ごめんごめん。行こうか」

笑顔を見せ、歩きだす。二人してエレベーターに乗り込み、地下駐車場へ降りていく。

「なんだかすごいですね、紗由美さん」

「何が？」

「みんなが紗由美さんを見つけては寄ってきて、あれこれあれこれと。紗由美さんも一人一人に丁寧に答えてて。すごく信頼されてるんですね」

「古株のおばちゃんだからね。訳ありの子たちをコールセンターに集めたのも私だし、人材派遣部門の立ち上げに関わったのも私。責任あるからね」

「すごいです」

「その〝すごい〟ってのやめて。仕事しただけだから」

話しているうちに、地下に着いた。

車に歩く。途中、希美のスマホが鳴った。

希美はバッグからスマホを出して、ディスプレイに目を向けた。

「ちょっとすみません」

そう言い、柱の角に行く。

紗由美は通路を避け、希美を待った。メッセージを見ているようだ。その顔から笑みが消えていく。

希美はスマホを握って、戻ってきた。

「すみませんでした」

「いいの?」

「はい」

希美が笑顔を作る。

紗由美が車の運転席に乗り込んだ。希美が助手席に入る。シートベルトをかけている時に、紗由美が話しかけた。

「何かあった?」

「えっ」

希美が紗由美を見やる。

「顔に書いてあるよ。何かありましたって」

そう言って、笑う。

「話すと楽になることもあるから。いつでも言ってね」

紗由美は微笑みを返し、エンジンをかけた。

駐車場を出て、路地を抜け、国道に入った。車を流す。と、希美がぼそっと口を開いた。

「……紗由美さん、いいですか？」

「どうぞ」

前を見たまま答える。

「父が何者かに襲われたそうです」

「えっ。大丈夫なの？」

「大丈夫だと言っていますが、たぶん、私のせいです……」

「どういうこと？」

紗由美が訊ねた。

希美はスマホを握ってうつむいた。そして、ぽつぽつと自分に起こったことを話し始めた。

紗由美は黙って聞いていた。

話が進むにつれ、希美の身に何が起こったのか、見えてきた。

希美はワーキングホリデー制度を使って、シンガポールに留学する予定だったという。ヤングツアラーという会社は少々怪しげだったものの、思い切って旅立とうと決めたそうだ。

しかし、出発前日、宿舎に何者かが飛び込んできて、希美たちに逃げろと言った。

「それが、竜星君だったんです」

希美が言う。

紗由美は静かに話の続きを待った。

「現場で竜星君と少し言葉を交わしました。その様子を周りにいた子が見たと思います。竜星君もそう感じて、自分を知る者は追われることになるかもしれないから――」

「だから、うちに来るように言ったのね」

紗由美の言葉に、希美はうなずいた。

「沖縄の家なら、竜星君が身バレしない限り安全だし、もし妙な人たちが襲ってきても大丈夫だと」

「そんなこと言ったの？　まあ、間違ってはいないけど」

紗由美が笑う。

動じない、余裕のあるその態度を見て、希美は少しホッと息をついた。

「警察には言わないでとも言われました」

「それは無理な話ね」

紗由美はちらりと希美を見る。希美の顔が強ばっている。紗由美はまた笑った。

「言わないでも何も、うちの人は元沖縄県警だから」

「そうなんですか！」

希美が目を丸くした。

「そう。今はぐうたらに見えるけど、現役の頃は優秀な刑事だったのよ。そういう意味で、もう警察にはバレてる。元、だけどね。現役には知らせないようにするから心配しないで」

紗由美は笑顔を向けた。

「それと、うちには旦那もいるし、懇意にしている琉球空手の道場をしている金武さんたちもいる。私やおばあも、犯罪絡みのトラブルには慣れてるから、うちより安全な場所はないよ」

そう言い切り、話を続ける。

「メッセージ、お母さんは何と言っているの？」

さらりと訊いた。

「高梁の家に戻るから、帰って来いと」

「……それは危ないかもね。お母さんには、詳しいことは話せないけど、安全な場所にいるから安心してと返しておいて。で、あなたはしばらくうちにいて。いい？」

「はい。ありがとうございます」

希美が深々と頭を下げる。

紗由美はうなずいて、家路を急いだ。

3

益尾は浜松に戻り、浜松中央署で真昌と合流した。

所轄の刑事部長の杉山《すぎやま》が真昌と共に益尾を出迎えた。挨拶をし、三人で小会議室に入った。

「安里君から概要は聞きました。狼を追っているようですな」

杉山は益尾に顔を向け、黒縁眼鏡を押し上げた。

「ご存じですか、狼の話は？」

益尾が訊く。

「ええ、あちこちで派手に暴れているようで、うちにも他県から照会が来ています。幸い、うちの管轄で被害に遭ったところはありませんがね」

杉山は分厚い唇をへの字に曲げた。

「鎌田信彦氏の家に来た者たちの取り調べは終わりましたか？」

「一応、終えましたよ」

そう言い、杉山は調書を益尾に差し出した。

益尾は調書のファイルを開いた。罪名は真昌への公務執行妨害となっている。

「闇バイト？」

益尾は資料を見ながらつぶやいた。

「捕まった男たちは全員、闇バイトに応募したと話していますね」

杉山が答えた。

調書には、男たちは全員、ＳＮＳの仕事募集の記事を見て、応募したのだという。内容は、借金の取り立て。鎌田信彦から五百万円の借金を取り立て、その一割を四人で分けるというものだった。

「信彦さんに借金が？」

つぶやくと、真昌が答えた。

「逮捕した連中は誰一人、証書は持っていませんでした。信彦さん本人にも確認してみましたが、借金の事実はありませんでした」

「偽証しているということか？」

「そこが判然としないんですなあ」

杉山が口を開く。

「彼らが借金を取り立てに来たとは思えんのですが、それを否定する根拠もない。応募したというＳＮＳも見当たりませんしなあ」

「そうですか……。それと先ほどお願いした〝リカ〟の件ですが」

「それは、俺がこちらのデータベースで調べさせてもらいました」

真昌は手元にあった資料を益尾に渡した。

益尾は三年から四年前に海外で死亡した邦人のデータを調べるよう依頼していた。

ファイルを開いた。該当者は一名だけだった。

「根本里香さんか。茨城県鉾田市が実家だな」

つぶやくと、杉山が言った。

「益尾警部、あなた方は狼の捜査を続けてください。鎌田さんの件はうちの管轄でのことなんで、こっちで調べておきますので」

「ありがとうございます。では、そうさせていただきます」

益尾は言い、真昌を見てうなずく。真昌もうなずき返し、立ち上がった。

4

竜星は午前零時を回ったころ、小田急《おだきゅう》線参宮橋《さんぐうばし》駅に来た。西口を出て、急な坂道を上った先にある参宮橋公園へ入った。

ここは都営住宅跡地にできた公園だ。昼間は子供たちや散歩している人たちの姿も多く、賑わっているが、深夜になると、ランニングや犬の散歩をしていた人たちもいなくなり、しんとしていた。

遠くにオペラシティや新宿西口副都心のビル群の明かりが見える。

のどかな公園ながら都会のど真ん中であることを感じさせる不思議な空間だった。

芝生の広場の奥に植込みがあり、その奥に柵がある。

竜星の目標は、その柵を越えた場所にある一軒家だった。

〈二瓶《にへい》国際交流センター〉と名乗る留学エージェントが活動している場所だ。

いかにも法人を気取った社名だが、行政とは一切関係のない民間企業だった。が、その名前と作り込まれたホームページに騙《だま》され、相談に来る若者は絶えない。

ネット上でも黒い噂は飛び交っていたが、そうした投稿をチェックする部署を設けているようで、発見次第削除依頼を出したり、正反対の投稿で反論したりしているようだ。

しかも、その反論投稿は巧みで、いい意見ばかりだと見ている者は疑うが、時々悪い意見も出して、五段階評価で三を少し超えるくらいになるよう調整している。

強くお勧めするほどでもないが、合う人には合うというレベルだ。

であれば、様々な噂が飛び交ったところで、信じたい者は信じて、会社の門を叩く。

それでも何かを訴えようとする者がいれば、金で買収するか暴力に出るか、飴《あめ》と鞭《むち》を使い分けて黙らせているようだった。

星野が用意した資料には、その実態が詳細に記されている。

資料内の情報をすべて鵜呑《うの》みにしているわけではない。だが、二瓶国際交流センターが留学と称して若者の斡旋をしているのは確かのようだ。疑わしきは潰す。里香のような犠牲者を一人でも少なくするためなら、多少の誤認には目をつむった。

竜星は闇に紛れて芝生の広場を横切り、植え込みの陰に隠れた。しゃがんで辺りを見回す。人影がないことを確認すると、フードを深く被り、柵を乗り越えた。

家の裏手の隙間に入り、窓から中を覗く。カーテンの隙間からリビングの様子が見えた。

ソファーとテーブルが置かれた部屋に、男がいた。目視で四人。男たちの間に若い女性が三人いた。

三人は隣の男に肩を抱かれ、引き寄せられている。女性たちは誰もが嫌そうな素振りで男を押しのけようとするが、男たちは問答無用に顔を寄せる。

一人はボトルを持って、酒を浴びるように飲んでいた。

「やめてください！」

窓に近い場所にいる女性が叫ぶ。

と、女性の肩に手を回していた、レンズに薄い茶色を差した眼鏡をかけている細い男が女性の髪の毛をつかんだ。

顔を寄せ、女性を睨みつけながら何かをつぶやく。と、女性はおとなしくなった。男はにやりとして、女性の胸元に手を伸ばした。

竜星は窓に手をかけた。少し引いてみる。開いている。外気が室内に流れ込み、カーテンが揺れた。

何人かが窓の方に顔を向けた。

竜星は窓を大きく引き開けた。窓枠に手をかけ、カーテンを弾き上げて中へ飛び込む。

「なんだ、てめえは！」

窓の近くにいた細い男が怒鳴った。

竜星は拳を固めた。見上げた男の顔面に右の拳を振り下ろす。

眼鏡が割れた。拳が顔面にめり込む。男の首が後ろに九十度曲がった。

竜星はそのまま拳を打ち下ろした。男の背中がソファーの背もたれを乗り越えた。半回転しながらフロアに落ち、突っ伏す。男は顔じゅうから血をまき散らし、痙攣していた。

竜星はソファーを飛び越えた。まだ座っている男の顔面に前蹴りを放つ。靴底が顔面にめり込む。男がソファーごと真後ろにひっくり返った。

女性の一人が悲鳴を上げた。その悲鳴で、呆気に取られていた全員が立ち上がった。

女性三人は玄関へ走った。残っている二人の男は横に広がった。

「どうした！」

玄関の方から声が聞こえた。複数の足音が駆けてくる。

リビングのドア口から四人の男が入ってきた。

「なんだ、こりゃ？」

筋骨隆々のタンクトップの男が倒れた二人を見て、片眉を上げた。ゆっくりと顔を起こし、竜星を睨む。

「てめえがやったのか？」

「ここの代表の二瓶というのは、おまえか？」

竜星はフードの奥から見返した。

と、タンクトップの男の横にいたスエット姿の男が指を差した。

「こいつ、狼じゃねえか！」

その声が上擦る。

「細身でフードを被ったとてつもない強いヤツ……。そのまんまだ」

スエット男の指先が震える。

タンクトップの男以外、室内にいる男たちが顔を強ばらせた。

「ほう、おまえが狼か。ひょろっとしてやがんな」

タンクトップの男が仲間の間を割って、前に出てきた。

「おまえら！　よく見ておけ！　今日で狼は終わりだ！」

男が太い腕を折り、ファイティングポーズを取ろうとした時だった。

竜星はいち早く動いた。上体を低くして駆け寄る。

タンクトップの男はとっさに右の拳を振り下ろした。体勢が整っていないまま腕を振ったせいで、上体が前のめりになった。

竜星はその拳をかわすように飛び上がった。男の頭を両手でつかむ。そして、引き寄せながら右膝を振り上げた。

男の鼻頭に膝がめり込んだ。男の顔が凹《へこ》む。膝をかち上げると同時に手を離した。

男は鼻腔から血を噴き上げ、後方に吹っ飛んだ。後ろにいた男たちがあわてて避ける。

宙を舞ったタンクトップの男は後頭部からフロアに落ちた。

首が前方に大きく折れ曲がった。奇妙な呻きを短く放ち、背中を落とす。白目を剝いて口から血混じりの泡を吐き出し、大の字になった。

伸びた両手足がひくひくと痙攣している。男の意識は飛んでいた。

あまりに一瞬の出来事に、周りにいた男たちは硬直した。

竜星は少しだけ顔を上げた。フードの下から男たちを睥睨《へいげい》する。男たちが後退《あとじさ》りした。

「この仕事から足を洗うヤツは出て行け。残った者は全員、潰す」

低い声で言う。

男たちは互いの顔を見合わせ、戸惑っていた。

「こんなのと……やってられるか」

最後尾にいた男がずるずると後退したかと思ったら、いきなり背を向け、玄関へ走りだした。すると、他の者も我先にと逃げ始めた。

ものの一分もしないうちに、倒れた仲間を残して、全員が部屋から消えた。

竜星は息をついた。初めに倒した男に近づき、脇に屈《かが》んで片膝をつく。

頬を二、三回軽く張ると、男が呻いた。朦朧《もうろう》とする視界に竜星を捉え、蒼ざめる。

「二瓶はどこだ？」

竜星が訊くと、男は震える指先で天井を差した。

「二階にいるのか？」

男はうなずいた。

「二階におまえたちの仲間は何人いる？　女性もいるのか？」

訊くが、男は声も出せないようだ。

「どうなんだ？」

竜星が顔を近づける。

男は目を見開くと、再び意識を失った。

竜星は立ち上がって、天井を見上げた。拳を握り、廊下に出る。

慎重に気配を探りつつ、玄関を入ってすぐのところにある階段に足をかけた。壁に背をあて、そろそろと上がる。

二階はしんとしている。人のいる気配すらない。

階段を上がり切った。廊下に人影はない。

廊下の右にはドアが二つ、左には一つあった。足音を忍ばせ、手前の右ドアのハンドルに手をかけた。

そろりと下ろして、押し開ける。寝室だった。中には誰もいない。

さらに進んで、今度は左ドアのハンドルを握った。そこも同じように開けてみた。広い部屋だが、カーペットが敷かれているだけの空間だった。

窓際にマットと毛布が重ねられている。ほんのり甘酸っぱい女性の匂いがする。女性の宿泊所だったと思われるが、誰もいない。

残りの部屋へ向かう。部屋の中からガサッと音がした。息を詰めたような嗚咽《おえつ》もかすかに耳に届く。

竜星は音を立てないように近づいた。ドア脇の壁に背を寄せる。ドアの奥には人の気配がある。

ドアハンドルに手をかけ、すうっと大きく息を吸い込む。そして、吐き出すと同時にドアを開け、中へ飛び込んだ。

が、すぐに立ち止まった。

「いらっしゃい、狼さんよ」

目の前にひょろっとした長髪の男がいた。頬は痩せこけ、顎の尖《とが》ったカマキリのような男だ。

男は女の子の首に左腕を巻き、手のひらで口を塞いでいた。女の子は涙目で竜星を見つめていた。

ドアが閉められた。両脇から男二人が近づいてきた。

「両手を上げろ」

カマキリのような男が命じる。

竜星はゆっくりと両手を上げた。竜星に近づいた男たちはナイフを手にしていた。左の男は竜星の脇腹に切っ先を突き立て、右の男は竜星の喉にナイフの刃を当てた。

「妙な真似すると、おまえだけでなく、この女もオダブツだ」

カマキリのような男は右手に持っていたナイフを女の子の喉に当てた。

「おまえが二瓶か？」

カマキリのような男を睨む。

「そうだ。今後、狼を退治した男として語り継がれることになる」

男は片笑みを覗かせた。二瓶国際交流センター代表の二瓶学《まなぶ》だった。

「おまえのおかげで、同業者はみんな迷惑してるんだ。好き放題に他人のしのぎを潰しやがって」

二瓶が尖った顎を振る。

右に立っていた男がナイフを左手に持ち替え、竜星の首筋に刃を当てた。そして、右の拳を竜星の腹に叩き込む。

竜星は呻いて、少しだけ腰を引いた。左の男がナイフを背中に当てていて、切っ先が軽く刺さる。

すぐに腰を伸ばす。と、再び腹を殴られる。腰を引くと、背中に切っ先が刺さる。

竜星は腰を伸ばした。三度、腹を殴られる。竜星は腰を引かずに堪《こら》える。右側の男は続けて何発も腹を殴った。

腹筋に力を入れて我慢する。しかし、ふっと息が抜けたところに拳が飛び込んできた。内臓を突き上げられた。竜星は腹を押さえて前のめりになり、両膝を落とした。首の皮がスッと切れ、血が滲む。

竜星は咳き込み、唾液を吐き出した。

「たいしたことねえなあ、狼も」

二瓶が甲高い笑い声を立てた。

竜星はうつむいたまま、ひたすら咳き込み、涎《よだれ》を垂れ流していた。だが、上目で二瓶の様子を盗み見ていた。

二瓶がナイフを持つ手を下ろした。

「こいつを捕まえてろ」

そう言い、女の子から離れる。右側にいた男が女の子に近づこうとする。二瓶と部下の男の真ん中に女の子の脚がある。

竜星は瞬時に右脚を伸ばした。左膝を支点にして、女の子に近づく男のふくらはぎを後ろから払った。

男の両脚が跳ね上がった。くの字に折れて宙に浮く。男は背中から落ち、息を詰めた。

竜星は一回転して、立ち上がった。そのまま飛び上がって宙で回り、二瓶に右の回転蹴りを浴びせた。

二瓶はとっさに両腕を顔の前に立てた。

竜星は脚を振り抜いた。二瓶の細い体が後方に吹き飛んだ。スチールケースに背中から当たり、ガラスが砕ける。ずるずると崩れ落ちた二瓶の頭にガラス片が降り注いだ。

着地し、背中を向けている竜星に、残っていた男が迫り、ナイフを突き出してきた。

竜星は左に回転し、左肘を水平に振った。切っ先が竜星の右脇をすり抜ける。竜星の肘が男の頰を抉った。

歯の折れる音が聞こえ、男の顔が直角に傾いた。そのまま横倒しになる。男は側頭部を打ち、血と歯をまき散らした。手に持っていたナイフが飛び転がる。

竜星に脚を払われ、背中を打ち付けた男が呻いて上体を起こした。

竜星は歩み寄った。見下ろしながら顔面に蹴りを入れる。男の上体が勢いよく仰向けに倒れ、後頭部を打ち付け、バウンドした。

女の子は立っているのもやっとの状態で、膝頭を合わせて胸を両腕で抱き、ガタガタと震えていた。

竜星はフードを上げて、女の子に微笑みかけた。

「もう大丈夫。あとひと踏ん張り。ここにいると面倒なことになるから、早く逃げて」

優しく声をかける。

女の子はなんとか崩れそうになる両膝を伸ばした。太腿に手をついて深く頭を下げると、そのまま部屋から駆け出た。

竜星は女の子が家から出た足音やドアの音を確認し、スチールケースを背にぐったりと座り込んでいる二瓶の下に近づいた。

屈んで、二瓶の髪の毛をつかみ、顔を上げさせる。

「おまえらが売春目的で送り出した留学生のデータと同業者のデータ、受け入れ先の斡旋業者のデータを渡せ」

「勝手に持っていけ」

二瓶が睨む。

「どこにある？」

竜星が訊くと、二瓶は机に置いたデスクトップパソコンを目で指した。

「ログインパスワードかＰＩＮコードは？」

「教えるかよ。勝手にいじれ。三回間違えりゃ、ロックがかかって永遠に見られなくなるけどな」

にやりとし、血混じりの唾を竜星の顔に吐きかけた。竜星のフードに唾が付き、どろりと垂れる。

「そうか。じゃあ、話したくなるようにしてやる」

竜星は落ちていたガラス片を取った。それをいきなり二瓶の右の二の腕に刺した。

二瓶は短い悲鳴を放ち、顔をしかめた。

「パスワードかコード」

そう訊きながら、ガラス片をこねる。切っ先が肉を抉る。

「パスワードかコード」

竜星は抑揚のない口ぶりで繰り返す。

ガラス片は奥に潜り、肉を開くと骨が見えるほど傷が深くなる。袖はみるみる赤黒く染まっていく。

それでも二瓶は口を割ろうとしない。

竜星はガラス片を抜いて、投げ捨てた。気絶している男に近づき、腰のベルトを引き抜く。

二瓶は腕を押さえてうなだれた。

「てめえ……こんなことしやがって、タダで済むと――」

震えながら顔を上げた時だった。

いきなり首に、輪になったベルトがかかった。

二瓶はとっさに左手をベルトと首の間に差し込んだ。

竜星はベルトを締め上げ、そのまま二瓶を引きずる。散らばったガラスが体に刺さり、フロアに血の筋ができる。

二瓶は暴れた。が、竜星の体幹は強く、まったくぶれずに二瓶の体を机の脇まで引きずった。

竜星は椅子に座り、ベルトを握ったまま二瓶の背中を踏みつけた。二瓶の顔が床に押し付けられ、歪む。

空いた手を伸ばし、電源ボタンを押して、パソコンを起動した。

隠しファイルを表示し、クリックする。パスワードを入れるボックスが出てきた。

竜星はベルトを握る手を少し緩めた。

「隠しファイルのパスワードは？」

訊くが、二瓶は答えない。

竜星は背中を踏んだままベルトを引っ張った。二瓶の首が絞まる。二瓶の顔がみるみる赤く膨れる。呻きが漏れる。

竜星は適当なところでベルトを緩めた。

「パスワードは？」

再度訊ねる。

が、二瓶は答えない。

「そうか。僕がおまえを殺さないと思っているんだな」

「狼は……殺しはしねえだろ？」

声を絞り出す。

「たまたま誰も死ななかっただけだ。僕はクズの一匹や二匹殺すことに何の躊躇もない」

ベルトを握る手に力を籠める。

「待て……待て！　パスワードがわからねえと、データを取れねえぞ！」

二瓶が声を張った。

「もう、いいよ。自分でハードディスクを解析するから。おまえのような蛆虫《うじむし》とやり取りしているだけでムカついてくる」

ベルトを締め始めた。

二瓶の呻きが引きつる。顔は赤く膨れ、紫色に変わる。目が血走る。

二瓶はたまらず、フロアを叩いた。それでも竜星はやめない。二瓶はバンバンと叩き続けた。

その力が弱まる寸前、竜星はベルトを緩めた。

二瓶は息を吸い込み、咳き込んだ。血混じりの唾液が四散する。呼吸がわかるほど、背中が大きく上下していた。

「9and87だ……」

「なんだって？」

竜星がベルトを揺らす。

二瓶はびくっとして、声を張った。

「数字の9、小文字のand、数字の87がパスワードだ！」

それを聞き、竜星はボックスに数字と英文字を入力した。リターンを押す。隠しファイルが開いた。

竜星はポケットからUSBメモリーを出して端子に差し、データをダウンロードし始めた。

「9and87というのはどういう意味だ？」

二瓶の背中を踵《かかと》でつつく。

「ナインと花。ナイトフラワー。夜に咲く花ってことだ。体を売る連中にはうってつけのネーミングだろ?」

二瓶が少し自慢げに語る。

「この程度の頭しかない連中が、若者の人生を食い物にしているとは……」

「この程度の俺に騙される方が悪い。そう思わねえか? 今はスマホで調べりゃあ、何でもわかる時代だ。なのに、うちに来る連中は調べもせず、留学でもして英語が話せるようになりゃあ、いい仕事にありつけるなんて安易に考えてるバカばっかだ。そういうヤツらを教育してやって、金まで稼がせてやってんだ。感謝してもらいてえくらいだぜ」

竜星に殺されないと思ったのか、二瓶は滔々《とうとう》と持論をまくしたてた。

ダウンロードが終わり、USBメモリーを抜いた。ポケットに入れて立ち上がる。ベルトから手を離した。

二瓶は両手をついた。上体を起こして、尻をつき、背中を机の脚に預けた。

「そのデータをどうするか知らねえけどよ。データを取られたぐらいで、俺はやめねえぞ。なあ、狼よ。俺と組まねえか? 俺がバカどもを集めて回して、おまえが同業者を潰してくれりゃあ、俺たち二人で丸儲けだ。半年で億の金が手に入るぞ。悪くねえ話だと思うがな」

二瓶は竜星を見上げた。竜星は冷めた目で見下ろす。

「やっぱ、殺しておく方がいいな」

言うなり、右の下段回し蹴りを見舞った。

二瓶の顔面に脛《すね》が食い込んだ。後頭部が机の脚にめり込む。踏まれたカエルのような声が二瓶の口から洩《も》れた。

二瓶は座ったままの姿で意識を失っていた。

竜星は二瓶を一瞥し、部屋を出た。

5

自宅に戻った竜星は、手に入れたデータを自分のノートパソコンに取り込んだ。これまで取得したデータはすべて保存してある。

暗い部屋で、モニターの明かりだけが竜星の顔を照らし出す。

竜星はデータを自作したプログラムに流した。各データの関連性を確認するためのプログラムだ。

データを入れると、社長以下の従業員、留学生に重なりはないか、各社の関係性はどうか、資金はどう流れているかなどが一目でわかる相関図ができあがる。

竜星は二瓶国際交流センターのデータを流し入れた。

少し間があって、モニターに相関図が表示された。

「やはりか……」

見つめる竜星の眼差しが険しくなる。

これまで潰してきた会社はすべて〈ＹＨエデュケーション〉という会社につながっていく。ＹＨエデュケーションはすべての会社の中心に位置していた。留学生は逆にＹＨエデュケーションから各会社に流れていた。

資金もＹＨエデュケーションに一部が流れている。

竜星はＹＨエデュケーションについて調べてみた。

同社は、自身の会社で留学斡旋事業を行なう傍ら、小規模の同業者の窓口となり、留学希望者を各社に紹介するという事業も行なっていた。

表向き、小規模同業者がＹＨエデュケーションの子会社というわけではなく、提携会社として対等の立場を気取っているが、ＹＨエデュケーションは紹介料という名目で留学生一人あたり五万円から十万円の紹介料を取っていて、その収益が全体の四割を占めている。大きな収入源だ。

しかし、紹介料が十万円というのは高い。中にはそれを超える紹介料を取っていることもある。

実質、上納金に映る。

相関図を見る限り、ワーキングホリデーや他の留学制度を使って若い男女を送り込んでいる本体は、ＹＨエデュケーションで間違いなさそうだ。

ここを叩けば、被害に遭う若者たちが大幅に減るだろう。

しかし、気になることもある。

同じデータは星野にも渡してある。当然、星野の会社でもデータを解析し、ＹＨエデュケーションの存在には気が付いているはず。

だが、星野の口からこれまで同社の名前が出てきたことはない。また、ＹＨエデュケーション代表の吉野仁美なる女性の名前も耳にしたことはない。

星野は、すでにこの事実をつかんでいるはずだ。なのに、潰すのはＹＨエデュケーションと提携している小規模事業者ばかりだ。

何を狙っているのか……。

枝葉を刈り取った後、幹を切り倒すつもりなのか。まだ、幹を倒す時期ではないと判断しているのか。

星野の真意が見えなくなってきている。

悪徳業者を一掃して、夢や希望に満ちて海外へ飛び立とうとしている若者たちを守りたいという思いは変わらない。星野もそうだと信じている。

一方で、本丸を叩こうとしない星野には、正直なところ苛立《いらだ》っている。

竜星自身、あと何社潰せるかわからない。悪徳業者の事務所に乗り込むことは平気だ。

その結果、逮捕されることになっても、それは覚悟の上で事に臨んでいる。

中途半端な形で逮捕され、悪徳業者が生き残るという事態に陥ることだけが気がかりだ。

今のままでは、本丸を叩く前に逮捕されてしまうだろう。

それだけは避けたい。

「仕方ない」

竜星は相関図の中心にある大きな丸で囲まれたＹＨエデュケーションの名前を見据えた。

6

鎌田君枝は午後九時を回った頃、帰途についていた。

神戸市に移って、週三回は新開地にある学習塾の講師をしている。その他の日はオンラインでの個別家庭教師をしたり、地域の学習支援のボランティアをしている。

その日も、団地の公民館で行なわれていた小中高生の学習支援に出かけ、午後九時前に終えたところだった。

片づけを手伝い、公民館を出て、慣れた歩道を歩く。一人、また一人と自宅のある棟に入っていき、君枝は一人になった。

20号棟が見えてきた。歩を速める。

と、植え込みの陰からふっと人が現われた。

君枝は驚いて、立ち止まった。

スーツ姿の男性だった。

「鎌田君枝さんですか？」

唐突に訊いてきた。

「そうですが……」

反射的に答える。

と、いきなり背後から抱きしめられた。口を塞がれる。

君枝は暴れた。

スーツの男が近づいてきた。

「ちょっと付き合ってもらいますよ」

そう言うなり、スーツの男が君枝の腹部に拳を叩き込んだ。

君枝は息を詰めた。目を見開き、まもなく気を失った。

スーツの男は周囲を見回し、言った。

「車に乗せろ」

そう命じ、車を停めてある場所に走る。

君枝を抱きしめていたスエット姿の男は、君枝を肩に担いで車に急いだ。

第五章

1

益尾と真昌は翌朝静岡発七時五十分の飛行機で茨城空港へ行った。そこからタクシーで根本里香の実家がある鉾田市に向かった。

車は県道を北北東に走る。十二、三分走ると、フロントガラスの先に水面が見えてきた。

「海が見えるんですね」

真昌が益尾に言う。

と、運転手が笑った。

「兄さん。ありゃあ、沼だべ」

「沼？」

真昌の声がひっくり返った。

「涸沼という名前だが、正確には汽水湖。湖だよ」

益尾が笑って話した。

「湖か。内地にはこんなデカい沼があるのかと思って、びっくりしましたよ」

「沖縄にはこんなに大きい湖はないからな」

「兄さん、沖縄か。んだら、霞《かすみ》ケ浦《うら》は海にしか見えないだろうねえ」

「霞ケ浦というのは湖ですか？」

「知らねえのかい。日本で二番目に大きい湖だべさ」

運転手が言う。

「海は見慣れていますけど、向こう岸も見えない湖なんて島にはないですから」

真昌が苦笑する。

タクシーは県道50号を右折し、県道16号大洗友部《ともべ》線に入った。湖岸には田んぼが広がっている。空が広く見える。

五分ほど進んだところで側道に入り、里山を上がっていった。曲がりくねった細い道を上がっていき、山の中腹でタクシーが停まった。

「ナビではここだと言ってるんで、ここだと思うがね」

「ありがとうございます。探してみますんで」

「悪いね」

運転手が後ろを向いて言う。悪びれた様子はないが憎めない。

真昌が先に降り、益尾が精算を済ませて続いた。タクシーは人の家の庭で勝手に切り返し、山を下りていった。

益尾はスマホのナビに住所を入れ、案内に従って歩き出した。

雑木林を抜けると畑が広がっていた。畑の脇を通る舗装道を進む。木々に隠れていた涸沼も顔を出した。

ぽつりぽつりと家が建っている。どの家も広い。

表札を確かめて歩いていると、広い敷地の奥に建家が並ぶ家の前で立ち止まった。ナビはその家を指していた。

中へ入って、玄関の表札を確かめる。

「ここだ」

益尾は振り向いて、真昌に声をかけた。

真昌が駆け寄る。益尾は呼び鈴を鳴らした。

引き戸の奥から足音が聞こえてきた。引き戸が開く。ワイシャツを着た白髪交じりの紳士が顔を覗かせた。

「どちらさまでしょうか？」

「根本隆之さんですか？」

「そうですが」

「警視庁の益尾と申します」

身分証を提示する。

「沖縄県警の安里です」

真昌も身分証を示した。

隆之の顔が一瞬強ばった。益尾と真昌はそのわずかな変化を見逃さなかった。

隆之は平然とした顔を作り、努めて落ち着いた声で訊いた。

「何の御用でしょうか?」

「里香さんと、その友人だった――」

そう言うと、再び隆之の顔が強ばる。

「鎌田希美さんのことについて、少々お伺いしたいのですが」

「希美さんのことですか」

返す隆之の頬が安堵で緩む。

真昌は笑顔を浮かべながら、隆之の変化を注視した。

「立ち話もなんですから、どうぞ」

隆之が家に招き入れる。

益尾と真昌は玄関に入った。真昌が引き戸を閉める。

隆之は廊下の隅に座った。益尾は靴を履いたまま、上がり框に浅く腰かけた。真昌は立ったまま、隆之を見つめている。

「希美さんがどうかされましたか？」

隆之が訊いてきた。

「ある事件の現場にいて、犯人を目撃したようなんです。それで行方を捜しているのですが」

「ある事件とは？」

「留学エージェント会社での暴行傷害事件です」

益尾が言う。

隆之の眉間に皺が立った。

「事件のことはご存じですか？」

真昌が訊いた。

「あ、いや……」

隆之は顔を伏せ、ごまかそうとした。

その時、益尾が真昌に顔を向けた。

「ご存じに決まっているだろう。根本さんは、海外留学を志す若者たちにその危険性を啓蒙する活動をしてらっしゃるんだ」

そう言い、隆之に顔を戻す。

「ご存じですよね？」

「はい……」

隆之は仕方なくうなずいた。

「失礼しました」

真昌は頭を下げた。が、これは益尾との予定調和だった。

特に打ち合わせをしていたわけではないが、根本里香の死亡案件を調べる過程で、隆之が留学予定者への注意喚起をしているという情報を得ていた。

であれば当然、このところの留学エージェントに相次いでいる事件についても知っているはず。

という共通認識を得ていた。

「その犯人と思われる人物が〝狼〟と呼ばれていることもご存じですね？」

益尾が訊いた。

「ええ。そういう報道はいくつか見かけましたので」

隆之が答えた。

「希美さんはその〝狼〟を目撃した可能性があるんです」

益尾が言うと、隆之は驚いた表情を益尾に向けた。

「彼女が、狼が襲った現場にいたというのですか？」

「はい。希美さんはワーキングホリデー制度を使い、シンガポールへ留学する予定でした。ですが、そのエージェントが悪徳業者だったようで、出発直前にそのエージェントの拠点が狼に襲われ、壊滅しました。その現場で希美さんが狼となにやら言葉を交わしていたという証言が複数得られているのです。犯人は希美さんの知り合いではないかと思われます。なので、今、希美さんの交友関係を調べているところです」

益尾は丁寧に説明した。

隆之はうつむき、押し黙っている。

「さらに困ったことに、悪徳業者の関係者と思われる者も希美さんを捜しているようなんです」

益尾が言う。隆之が顔を上げた。

真昌が口を開いた。

「希美さんの父親が襲われました。自分がその現場にいて、襲った者を検挙したので事なきを得ましたが、かなり乱暴な連中でした」

神妙な顔で伝える。

隆之の表情も険しくなった。

「希美さんが亡くなられた里香さんと仲が良かったという話を希美さんのお母様から伺い

ました。留学を決めたのも里香さんのおかげだと。里香さんは生前、希美さんとはかなり懇意にしていたようですね。希美さんに会ったことはありますか？」

益尾が訊ねる。

「はい。一度、ここへも来たことがあります。直接会ったのは一度だけですが、希美さんの話は娘から聞いていました」

「希美さんと里香さん、二人と接点がある人物に心当たりはありませんか？」

益尾が訊く。と、隆之の黒目が揺れた。

益尾は畳みかけた。

「狼が起こしたと思われる事件を時系列に並べると、活発に活動し始めたのは三年ほど前からです。ですが、その半年前、狼の事件に通ずる類似事件が起こっていました。その標的となったのは、既存のエージェント会社の名を騙《かた》り、里香さんの留学を斡旋した悪徳エージェントでした。調べるほどに、狼の事案の起点はここではないかと見ています。なので、希美さんと里香さんに共通した友人、知人がいないかと思いまして」

話すほどに、隆之の顔つきが重くなってくる。

益尾は真昌を一瞥した。真昌は小さくうなずいた。真昌も表情の変化で、隆之が何かを知っていると確信したようだった。

益尾は隆之に向き直った。

「根本さん。何かご存じであれば、教えていただけませんか?」

しかし、隆之は益尾の方を見ない。

「狼を押さえなければ、希美さんはこの先延々と何者かに追われることになります。狼自身もいずれ命にかかわる事態に陥るでしょう。我々は最悪の事態を防ぎたいのです」

益尾が言葉に力を籠める。

隆之は逡巡していた。深くうなだれる。そして、何かを決したようにうなずき、顔を上げた。

「娘と希美さんの二人と、仲良くしていた人がもう一人います」

隆之は益尾をまっすぐ見つめた。

「安達竜星君という青年です」

名前を聞いた瞬間、益尾は驚いて目を見開いた。

真昌も目を丸くする。

「竜星って……」

真昌は自分のスマホを出した。保存していた竜星の写真を表示する。

「根本さん、安達竜星というのはこの男ですか?」

スマホの画面を見せる。

隆之はうなずいた。

「少し若い頃の写真のようだが、この青年に間違いありません」

はっきりと言い切った。

「マジか……」

真昌の口から思わず漏れる。

「警察はもう、竜星君のことをつかんでいたのですね」

「いえ、初めて聞くのですが……」

益尾が言いよどむと、真昌が言った。

「竜星は自分の親友なんです」

真昌の言葉に、隆之は顔を上げた。

「竜星は高校を卒業してすぐ旅に出ました。しばらくは旅先からハガキを送ってきたり、今いるところを俺にメールしてきたりしていたんですが、数年前にぱたりと連絡が途絶えました。心配していたところです」

真昌が話す。

「私は彼の人生まで変えてしまったのか……」

隆之は太腿に置いていた両手を握りしめた。

「詳しくお話を伺えますか？」

益尾が言うと、隆之は首肯した。

2

紗由美が自宅のドアを開けると、奥から笑い声が聞こえてきた。

希美がびっくりして立ち止まる。

「あらあら、誰が来てるのかな」

玄関に脱ぎ散らかされた靴を見て微笑み、希美を見やる。

「うちはいきなり誰かが来てるってのが普通なの。悪い人たちじゃないから、希美ちゃんも気にしないで」

「はい……」

希美は小さくうなずき、玄関に入った。

紗由美が希美を連れて、リビングに行く。

「ただいま」

声をかけると、すぐ内間が立ち上がった。

「あ、姐さん！　お邪魔してます！」

深々と腰を折る。

「その、姐さんってのはやめて」

苦笑し、もう一人の男に目を向ける。

「巌君、おかえり」

いたのは渡久地巌だった。

巌は正座をして、太腿に手をついた。

「ご無沙汰しています」

頭を下げる。

後ろにいた希美は、威圧感のある巌を見て、少し顔を引きつらせていた。

「こちら、鎌田希美さん。今、うちで預かっているの。希美さん、巌君も内間君も強面《こわもて》だけど、怖くないから」

「あー、その彼女が今日からうちで働いてるユキさんですね」

内間が笑顔を向ける。

希美は紗由美を見た。

「内間君は、うちの調査部門で働いてくれてるの。一応、内部の人だから、事情は話しておいた。座ってて。私たちも食べましょう」

紗由美がテーブルに目を向ける。すでに料理は並んでいて、楢山を加えて酒盛りが始まっていた。

「紗由美ちゃんも座ってて。私が用意するから」

節子が立ち上がった。

「私も手伝います」

希美がキッチンへ行こうとする。

「あなたはいいの。でも、一人でこの野獣の群れに置いとくのはかわいそうだから、おばあにお願いしようか」

そう言うと、奥の角席に座る楢山の右隣に座った。

「希美ちゃん」

紗由美が自分の左隣を指でつつく。希美は恐縮しながら、紗由美の隣に正座した。

向かいには内間、斜め右前には巌がいた。

希美は顔を上げられない。

「ほら、あんたら。希美ちゃんが怖がってるじゃないの。笑いなさい！」

紗由美が言う。

内間はニカッと笑って見せた。巌もぎこちない笑顔を見せる。

「おまえ、もっと爽やかに笑えよ」

楢山が巌の背中を叩いた。背を反らして、思い切り笑顔を作る。

紗由美が楢山の頭をひっぱたいた。

「あんたもだよ！」

「いてえな」

頭をさすりながら白い歯を見せる。

希美も思わずくすっと笑った。

「なんだか、平和ですね」

「平和なのかなあ、この状況」

紗由美は男たちを見回し、ため息をついた。

「ここは平和よ、とっても」

節子が戻ってきた。

取り皿とコップを希美と紗由美の前に置く。

「賑やかな食卓というのは、何よりも平和な証拠。独りでいるということは、それだけで孤独と戦わなきゃならないからね。気が休まらない。希美ちゃん、お茶にする？　それともビール？」

節子は希美を見た。

「じゃあ、お茶で」

希美が言う。

節子はにこりとして、ポットに入ったさんぴん茶を湯飲みに注いで、希美の前に出した。

紗由美はテーブルの端のオリオンビールの缶を取って、タブを開けた。

「おつかれさん」

缶を差し出す。

希美は両手で湯飲みを持ち上げ、缶に当てて、お茶を少し啜った。

「でも、うるさいのも気が休まらないよね」

紗由美が言う。

希美は湯飲みを握った。

「私、こんなふうに家族で賑やかに食卓を囲んだことないんです」

希美が話しだすと、みんなが黙った。

「父も母も忙しくて、夕食時に揃うことはめったになくて。祖父も小さい頃に亡くなって、広い家で私と祖母だけで食事をしていることが多くて……。友達とは一緒に食事をすることもあったんですけど、大人数になるとなんだか会話に入れなくて、端っこでおとなしくしてました。だから、ちょっと戸惑うんですけど、嫌いじゃないです。こういう感じ」

微笑んで、顔を上げる。

「そうだろ？　俺んちも親はいなかったからさ。あ、うちの場合は忙しいとかなんとかじゃなくて、親父は生まれた時からいねえし、おふくろは夜な夜な出かけていなかったんだけどさ」

「おまえの話は聞いてねえよ」

檜山が制止する。

「うちも親父がどうしようもないヤツだったんで、こんなふうに食卓を囲んだことはなかったな」

巌が渋い声で言う。

「だから、おまえたちの話はいらねえ」

檜山は巌の頭をべちっと叩いた。

希美は驚くが、節子も紗由美も笑っている。

「私もさ。あまり両親と賑やかに食卓を囲んだって記憶がないのよ」

紗由美が希美に顔を向ける。

「だから、おばあがいて、旦那がいて、竜星がいた頃は他の子供もいて、わけのわからないご近所さんもいて」

「わけわからんてのはひどいっす」

内間が笑う。

「楽しいよ、毎日」

紗由美が笑みを深くした。

「ほんと……そうですね。こんな素敵な家庭で育ったから、竜星君もあんな雰囲気だったんですね」

「あんな、とは？」

楢山が訊く。

「竜星君、あまりしゃべらないんですけど、なんだかふわっとした空気感で、話をよく聞いてくれるし、励ましてくれるし。一緒にいると心地よかったんですよね。だから、私ともう一人の友達は、バイト先が一緒だった時、よく竜星君を誘って出かけてました。そんな優しくて穏やかな人だったのに……」

希美はうつむいて、湯飲みを強く握りしめた。

紗由美は希美の背中に手を当てた。

「希美ちゃん。聞かないつもりだったんだけど、あなたと竜星に何があったのか。よかったら、教えてくれない？」

紗由美は優しく声をかけた。

希美はうつむいたまま、湯飲みを握っていた。

と、希美のバッグの中にあるスマホが鳴った。希美はスマホを取り出した。ディスプレイには君枝の名が表示されていた。

「ちょっと失礼します」

希美はスマホを持って、廊下に出た。

リビングにいる五人は黙っていた。希美の声が聞こえてくる。

「もしもし……はい、そうですけど……。えっ！」

ひっくり返る希美の声を耳にして、リビングに緊張が走った。

「お母さんは！　お母さんを出してください！」

希美が声を張る。

「お母さん！　大丈夫？　いや、うん……。いやでも――ちょっと待って！」

その声で静かになった。希美が戻ってこない。紗由美が廊下に出た。

希美の顔が真っ青になっていた。スマホを握る手が震えている。

「何があったの？」

訊くが、希美は顔を上げない。

紗由美は肩を抱いた。希美がびくっと震える。

「話して。必ず、力になるから」

強く肩を握る。

「お母さんが……お母さんが！」

希美は紗由美に抱きついて、泣きだした。

3

根本隆之と別れた益尾と真昌は警視庁本庁に戻っていた。

益尾は戻る際に部下に、隆之から聞いた竜星のスマホと君枝から聞いていた希美のスマホの番号を追跡させていた。

益尾は真昌を連れて、小会議室に入っていた。

「益尾さん……。狼はやっぱり、竜星なんですかね」

真昌は机に両腕を載せ、うなだれている。

「根本さんの話を聞く限りでは、竜星の可能性が高いな。これまでの証言にある狼の特徴は竜星に似ている。一連の事案が始まった時期も、竜星が根本さんの家を後にした頃と一致する。動機もある」

益尾は冷静に答えるが、神妙な面持ちだった。

「何やってんだ、フリムンが！」

真昌はテーブルを拳で叩いた。

「ただ、気になる点もある」

「なんですか？」

「最初の事案は竜星の仕業だとしても納得できる。しかし、その後の行動も竜星一人で行なっているとすれば、どうやって情報を集めているのか、被害を受けた会社は全国にあるので、そこまでの移動費や滞在費はどこで工面しているのか」

「そういえばそうですね。竜星は旅を続けていたようだから、どこかでそうした情報に詳しい人物に会っている可能性はありますが、資金面は乏しいはず。竜星を援護している誰かがいるんでしょうかね？」

「もしくは、焚《た》きつけている者……」

話しているとドアが開いた。益尾の部下が入ってくる。

「警部、鎌田希美のスマホの電波を捕捉しました」

「どこにいる？」

「沖縄、那覇《なは》市内です」

「那覇だって！」

真昌が益尾の部下を見やった。

「国道331号線を西に移動中です」

「那覇空港に行くつもりですね」

真昌が益尾を見る。

「沖縄県警に連絡を入れて、空港で鎌田希美を保護するように」

「わかりました」

「安達竜星の電波は？」

「まだ拾えていません。スマホの電源を切っているのかもしれません」

「そっちも引き続き探索してくれ」

「承知しました」

部下が部屋を出る。

「なぜ、鎌田希美が沖縄に……」

真昌が首を傾げる。

「竜星かもしれんな。自分の正体を知った希美さんが危ないと見て、紗由美さんのところへ行かせたのかもしれない。安達家なら安心だからな」

益尾が言う。

「電話してみます」

真昌はスマホを出した。安達家の固定電話にかける。

すぐに電話がつながった。

「もしもし、真昌ですが」

——ああ、真昌君。どうしたの？

節子だった。

「ちょっと聞きたいんだけど——」

話していると、電話の向こうで物音がして、いきなり大きな声が聞こえてきた。

——真昌！　がんばってるか！

楢山だ。真昌は思わず、スマホを耳から離した。

「どうした？」

益尾が訊く。

「楢さんです」

スマホを指して、息をつく。

「スピーカーにして」

益尾に言われ、真昌はスピーカー通話にしてスマホをテーブルに置いた。

「楢山さん」

——その声は益尾か。真昌と一緒にいるのか？

「ええ」

——真昌はどうだ？　少しはモノになりそうか？

「がんばってますよ。力も付けています。頼もしい警察官です」

——そりゃ、よかった。だが、甘やかすとあいつは調子に乗るんでな。びしびししごいてやってくれ。

そう言い、大声で笑う。

「調子に乗るって……」

真昌はスマホを睨みつけた。益尾は真昌を一瞥して少し笑い、スマホに目を向けた。

「楢山さん、ちょっと訊きたいんですが」

――なんだ？

「そこに先ほどまで鎌田希美という女性がいましたか？」

益尾が訊く。

電話の向こうの楢山が少し押し黙った。

――その名前を知っているということは、おまえら狼を追ってるのか？

声色が低くなった。先ほどまでのさばけた雰囲気が消えた。

「そうです。ということは、そこに希美さんがいたんですね」

益尾がスマホを見据える。

――鎌田希美はいた。

楢山はそう言い、少し間を置いた。益尾と真昌は楢山の声を待った。

楢山の小さな息が聞こえてきた。

――狼は竜星だ。

楢山の言葉を聞いて、真昌と益尾が顔を見合わせた。

――希美は成田の現場で、従業員を襲う竜星と遭遇した。その後、竜星から逃げるように言われ、うちに来た。

「楢さん、鎌田希美は那覇空港に向かっていますよね。どこへ行くんですか？」

真昌が訊く。

――東京だ。希美の母親が狼を捜している連中に捕まった。

その話を聞き、二人の眼差しが鋭くなる。

「君枝さんが！　いつですか？」

――母親にも事情聴取をしているんだな。希美の母親が捕まったのは昨晩のようだ。

「パトロールを依頼しておいたんですが」

益尾が拳を握る。

――昨日の今日だ。敵の動きが速かったということだろう。現場を責めるな。

「もちろん責めたりはしません。すぐ、君枝さんの部屋に行ってもらって、居場所の特定を――」

――待て待て。

楢山が声をかけた。

――母親の居場所はわかっている。

「どこですか！」

真昌が声を上げた。

――それはあとでおまえのスマホに送る。母親まで知っていて、希美の動きを捕捉しているということは、那覇空港で身柄を保護しようとしているな。

「当然です」

益尾が答える。

――益尾、希美を東京へ行かせろ。

楢山が言う。

「希美さんを敵の待つ場所へ行かせるつもりですか？」

益尾はスマホを睨んだ。

――そうだ。そこで竜星を誘い出し、あいつも押さえる。

「それは危険です！」

益尾は声を張った。

が、楢山は静かに返した。

――希美がそうすると言ったんだ。母親も助けたいが、竜星の無謀な行為も止めたいと。なもんで、こっちで処理した後、おまえらに引き渡そうと思ったんだがな。

「勝手な真似をしないでください！」

益尾は怒った。

——心配するな。最強の護衛を付けてる。

「楢さんじゃないんですか？」

真昌はスマホを見やった。

——俺は動けねえ。ともかく、希美はそのまま東京に行かせろ。敵の指定場所の周りを固めてもかまわねえが、竜星が現われるまでは踏み込むな。ここで逃がすと厄介だ。

「楢山さん、それは無茶ですよ……」

——益尾。これ以上、竜星に罪を重ねさせたいのか？

楢山が言う。

——狼の件、資料を見させてもらった。死人が出てねえのが不思議なくらいだ。このまま竜星を走らせれば、いつかあいつは殺しをしちまうぞ。

声に凄みが滲む。

——竜星に竜司と同じ道を歩ませるな。

楢山が言う。

益尾は目を見開いた。そして、静かに目を閉じる。大きく息をついて、顔を上げた。

「わかりました。こっちでのことは任せておいてください」

——頼んだぞ。

楢山が絞り出した言葉を益尾と真昌は嚙み締めた。

4

午後十時を回った頃、ＹＨエデュケーションの本社がある渋谷のビルから、数人の若者たちが出てきた。

その日最後のオリエンテーションが終わり、従業員も帰り支度を始めていた。

吉野仁美は最上階の社長室にいて、本日の業務処理をしていた。

ノックされる。

「どうぞ」

声をかけると、女性従業員が入ってきた。

「社長、オリエンテーションが終わったので、戸締まりをしますが」

「あ、今日はいいわ。もう少し業務が残っているから、私が最後に見回っておく」

「いいんですか？」

「うん、ちょっと時間かかりそうだから。他の子たちにも声をかけておいて。私に付き合っていると午前様になっちゃうから、今日はもう上がってと。労働時間管理もうるさいから、すみやかな退社をお願いします」

仁美が笑う。

「承知しました」

女性社員も笑って返し、部屋を出た。

ドアが閉じる。仁美の顔から笑みが消える。仁美は椅子に深くもたれた。

宙を見据える。ノックがあり、柴原が入ってきた。

仁美はゆっくりと顔を向けた。柴原はドアを閉め、デスクに近づいた。

「女は？」

「おとなしくしています」

柴原が答える。

昨晩、神戸で拉致した鎌田君枝は、三階のフロアに閉じ込めていた。

椅子に座らせ、手足は拘束していないが、フロアに連れ込んでからは男女の部下が三名室内にいて、四六時中見張っている。

女性がいるのは、トイレに行くことがあるからだ。妙な真似をしないよう、トイレに行くときは一緒に行き、共に個室に入って用を足させていた。

君枝には、もし逃げ出せば希美だけでなく、夫の信彦、高梁の家にいる義母も殺すと脅してある。

君枝は柴原たちの指示に素直に従っていた。

「来ますかね、娘は」

卓上時計に目を向ける。

希美には、午後十一時までにこのビルに来いと伝えている。

来なければ、母親を殺すとも。

「来るよ。警察が動いている様子はないでしょう？」

「一応、調べた限りでは」

「母親の身を案じているせいもあるけど、彼女が狼の正体をバラしたくないからでもある」

「そうですか？」

「考えてもみなよ。鎌田希美は襲撃犯の正体を知ってる。なのに彼女は、警察へ駆け込んで目撃証言をしたわけでもなく、姿をくらました。警察に話していれば、それで済んだ話なのにね。つまり、狼は、彼女にとっても大事な人。あなたもわかるでしょう？　女は、大事な人を守るためなら、法も秩序も関係ない」

一瞥する。

「そうですね」

柴原はホスト時代のことを思い出しつつ、にやりとした。

「希美が呼び出せば、狼は必ず現われる。その場からわざわざ逃がした娘だもんねえ。その子からＳＯＳが来れば、助けに来るでしょう。お金絡みの付き合いじゃないから」

柴原を見つめる。柴原は苦笑した。

「準備はできてる？」

「はい。精鋭を十名ほど」

「十人？　足りる？」

「大人数いればいいというものでもありませんよ、戦争は。一応、社員が引いた後、二階フロアにも人を集めておきますので、万が一があっても逃がしません」

柴原が笑みを滲ませた。眼差しが淀む。本性が垣間見える。

「そう。じゃあ、任せる。殺さないでね」

「もちろんです」

柴原は言い、部屋を出た。

「これで私の天下ね」

仁美はほくそ笑んだ。

5

竜星は隣のビルの屋上で、ＹＨエデュケーションが入るビルの屋上を見下ろしていた。

従業員たちが退社するのを待っている。

竜星は前々からYHエデュケーションをマークしていた。

なので、いつでも襲撃できるよう、日常の流れはつかんでいた。

多くの場合、オリエンテーションは午後八時までに終え、午後九時には残務も済ませてビルの玄関を閉じる。

ただ、木曜日だけは午後十時までオリエンテーションを行ない、社員が帰っても明かりが点いていることが多かった。

つまり、木曜日はビル内に社長以下、主要幹部が残っている可能性が高い。

飲食店が入る隣のビルは五階建てだ。YHエデュケーションの入るビルには一階分飛び降りればいい。

竜星は昼間のうちに隣ビルの屋上に上がり、給水タンクの陰に身を隠していた。

多少空気は冷えているものの、日中に直射日光を浴びると汗ばむほどで、半袖でも過ごせた。日が暮れても、フード付きのパーカーで事足りている。

竜星はワンショルダーのランニングバッグを持っていた。スマートフォンも入れているが、電源は切っている。

警察が電話番号から電波を捕捉することは知っている。

希美に知られた以上、遅かれ早かれ、警察が竜星のことをつかみマークする。まだ大丈夫だと思うが、楢山や益尾の仕事ぶりを見ていると、大丈夫と油断した者たちは間違いな

きる。

穴ができたら、それ以後は警察が動いているものとみて行動する方が、リスクに対処できる。

リスクといっても、竜星はYHエデュケーションを潰すことで、この仕事から手を引こうと決めている。

今回だけは必ず成功させなければならない。

できる限り、その後も逃げ果《にお》せたいと思っている。

正体がバレても、狼が捕まっていないとなれば、悪徳エージェントは活動を控えるようになるだろう。

それでこそ自分が〝狼〟として存在した意義がある。

腕時計を見る。午後十時を回った。竜星は黒い皮手袋を出し、手を通した。フードを被り、少しだけ紐を縮める。顔が隠れる。

ワンショルダーバッグを背中に回し、ストラップを斜めにかけて引いて締め、密着させた。

いつも襲撃する時は手ぶらだが、今回は潰した後、確実に逃げるつもりでいた。

他の荷物を入れたリュックは、新宿駅のコインロッカーに預けている。

ビルの玄関を覗く。若者たちが出てきた。ラフな格好をした者が多い。おそらく、オリエンテーションを済ませた留学希望者だ。

それから十分ほど待つと、従業員たちがぞろぞろと出てきた。毎週木曜日の風景だ。従業員たちはゆっくりとした足取りで、道玄坂方面へ消えていった。

ビルを覗いてみる。明かりはまだ点いていた。

が、竜星の顔が曇った。

いつも通りであれば、明かりが残るのは最上階の四階フロアのみ。しかし今日は、三階フロアのブラインドカーテンの隙間からも明かりが漏れていて、さらに従業員たちが抜けた後、二階フロアにも明かりが点いた。

「なんだ……？」

竜星は注意深く通りを見つめた。

すると、いかつい男が一人で、あるいは三人組などで次々とビル内へ入っていく。あきらかに日中の従業員とは雰囲気の違う男たちだ。

男たちは二階フロアに入った。一人がブラインドカーテンが開いているのに気づき、閉める。

しかし、窓際では複数の人影が蠢《うごめ》いていた。

何かある……。

鳥肌が立ち、身体が強ばる。危険を察知した時の身体反応だ。

「急ぐしかないな」

竜星は隣のビルに飛び降りようとした。

が、ビルを見上げようとしている人影に気づき、とっさに身を屈めた。

そろりと鼻から上だけを出し、下を見やる。

竜星は目を見開いた。

「希美さん！　なぜ！」

思わず立ち上がる。

希美はスマホを耳に当てていた。何かを話している。そして、竜星には気づかず、ビルの中へ入っていった。

竜星は屋上から隣のビルに飛び降り、非常階段を駆け下りた。

6

希美は指示されたまま、階段を上がり、三階フロアのドアの前に立った。

ノックをする。と、ドアが少し開き、彫りの深い顔立ちの長身の男が顔を覗かせた。

「鎌田希美さんですね」

「はい」

希美は小さくうなずいた。

やわらかい笑顔だ。とても悪い人には見えない。

「どうぞ、お待ちしていました」

ドアを開く。

希美は少し躊躇して足を止めた。瞬間、男は希美の右腕をつかみ、強い力で中へ引き入れた。

希美は前のめりになって、倒れそうになりながら中へ入った。

上体を起こす。すぐ、椅子に座らされていた君枝の姿を認めた。

「お母さん！」

希美が駆け寄ろうとする。君枝も立ち上がろうとする。

「おっと、待った」

長身の男が希美の二の腕をつかんだ。

「離して！」

肩を揺さぶる。が、男の手は離れない。

君枝は背後にいた大柄な男に両肩を押さえつけられ、座らされた。

「希美！」

「お母さん！」

二人の声が室内に響く。

希美はなおも男の手を振り払おうとした。

男は希美を振り返らせた。そしていきなり、頬を平手で打った。

強烈な平手打ちだった。首が傾き、意識が少し揺れる。口の中にジワリと鉄っぽい味が滲んだ。

「騒ぐな。殺しゃあしない」

先ほど見せた柔らかな表情は一変、獲物を弄《もてあそ》ぶジャッカルのような顔つきになっていた。

希美の体が硬直した。

男は近くの椅子を引き寄せ、希美を座らせた。

「おまえは狼を呼び出せ」

「それが……電話が通じなくて」

希美がうつむく。

希美は沖縄を出る時からずっと竜星に連絡を入れていた。しかし、電話はまったく通じず、ショートメッセージにも既読がつかない。

沖縄での打ち合わせでは、母親を助けると同時に竜星を捕まえて、この無謀な行為をやめさせるつもりだった。

そのためには、竜星に現われてもらわないと困るのだが……。

希美は竜星を止めたい気持ちもありながら、このまま連絡がつかず、どこかへ逃げていてほしいとも願っていた。

希美はうつむいたまま、じっとしていた。

すると、男は希美の髪の毛をつかんだ。希美が顔を上げる。

「狼が来なけりゃ、おまえら母子《おやこ》はしまいだ。早く電話しろ！」

脚を蹴り、手を放す。

希美はふくらはぎを押さえ、前屈みになった。スマホを出して、番号を表示し、コールボタンを押そうとする。

その時突然、ドアが開いた。

影が動いた。

何が入ってきたのかわからず、男は一点を見つめて動作が停まった。

次の瞬間、男の顔面が大きく歪んだ。鼻頭がめり込み、仰け反る。男は後方へ吹っ飛んだ。手から離れたスマホが宙を回転して、希美の脇に落ちる。

背中を打ち付けた男はそのまま後ろへ滑った。君枝が座らされていた椅子にぶつかる。

君枝を押さえていた男が思わず手を離した。その隙に君枝は立ち上がり、希美に駆け寄った。

「お母さん！」

希美が叫ぶ。

影は動きを止めた。君枝は座り込み、希美を抱きしめた。希美も君枝を抱きしめ、影を見上げる。

「竜星君！　どうしてここへ！」

「希美さんこそ、なぜこんなところに！」

「お母さんが捕まったの。だから、助けに来た」

「無謀だ！」

「大丈夫なの、私は！　それより、なぜここへ？　私のメールを見たの？」

「ショートメッセージを見て、助けに来た。逃げよう！」

竜星が促す。

と、希美が唐突に言った。

「竜星君、逃げて！」

「なぜ？」

「あなたを捕まえに来る。逃げて！」

希美の視線が窓側に向いた。

竜星が希美の視線を追う。ナイフを手にした男が竜星たちに迫ろうと身構えた。

「部屋の端に！」

竜星は言うなり、駆け出した。ナイフを持った男にものすごい勢いで突進する。

男は怯んで、上体を起こした。

竜星は飛び上がった。宙で両膝を折り、球のように小さくなり、男に迫った瞬間、右脚を蹴りだした。

男は避けながらナイフを振った。竜星のズボンの裾が切れる。

竜星はかまわず飛び蹴りを食らわせた。足刀が男の喉を抉った。

男が後方へ弾き飛ばされた。窓ガラスに後頭部から背中が当たる。途端、ガラスが砕けた。

ガラス片と共に、男の体が窓から飛び出る。男は宙で両手足をばたつかせ、落ちていった。ボンと音がした。車のルーフに落ちたようだった。

竜星は左右に立っている男たちに目を留めた。着地して間を置かずしゃがみ込み、左にいた男のふくらはぎを払う。男が両足を跳ね上げ、背中から落ちる。

そのまま回転して立ち上がり、右側にいた男に回し蹴りを入れた。足の甲が男の首筋に食い込んだ。足を振り切る。男は横倒しになり、側頭部をフロアに打ち付け、バウンドして沈んだ。

すると、希美と君枝が竜星に駆け寄ってきた。

「いやいや、お見事」

女の声とゆったりとした拍手が聞こえてきた。

竜星は振り向いた。タイトなスカートスーツを身に着けた小ぎれいな女性だ。が、その双眸は冷ややかで素っ気ない。

女がゆっくりと竜星たちに近づいてくる。その後ろからぞろぞろといかつい男たちが入ってきた。二階に集まっていた男たちだろう。竜星が確認した人数より増えていた。

女は立ち止まった。

「すごいわね、狼さん。噂には聞いてたけど、ここまで強いだなんて。まあ、こいつは調子がいいだけで、強くはないんだけどさ」

倒れて伸びている長身の男の顔をヒールの先で蹴った。顔が傾き、血が飛び散る。

女は顔色一つ変えず、竜星に向き直った。

「おまえが吉野仁美か」

「あら、お見知りおきいただき、光栄ですこと」

笑みを作ってみせる。

「あなた、名前は？　さっき彼女はリュウセイ君と呼んでたみたいだけど」

仁美が竜星を見つめる。

竜星は見返しつつ、希美と君枝を守るように二人の前に立った。

「まあ、いいわ。私には狼の方が馴染みがある。なにせ、うちの稼ぎ手をずいぶん潰されちゃったから。あなたのせいで大損よ」

仁美がため息をつく。

男たちは後から後から入ってくる。総勢三十名を超えていた。

竜星たちはじりじりと後退していた。が、二人の尻が窓枠に当たり、止まった。

「まあでも、あなたが潰したところは小さいところばかりだから、フォローはできたけどね。ところで、狼君。この状況、どうする？」

仁美が両腕を広げた。

男たちが左右に広がり、ドア口を完全に塞いだ。手にナイフを持っている者もいる。

「そこから飛び降りてもいいけど、ここは三階だから、助かっても大怪我ね。あなたはいいでしょうけど、そっちの二人は逃げられないでしょうねえ」

腕を下ろして微笑む。

「さて、そこで三択です。あなたが雇い主を吐いて私につくか、大怪我覚悟で窓から飛び降りるか、それとも討ち死に覚悟で私たちに突っ込んでくるか」

余裕の笑みを崩さない。

「いくら狼君でも、この人数には敵わないでしょう。そこに倒れてるバカは精鋭を集めてるとか自慢してたけど」

長身の男を冷たく見下ろした。

「数は力よね。うちはあなたの雇い主より、傘下の数は多いよ」

「僕に雇い主などいない」

竜星が言う。

「それはない。あなたが潰したのは私の傘下の会社ばかり。あなたが単独で、私たちのような商売をしている者を調べているとしても、そこまで偶然が重なるはずはないでしょう？　まあ、あなたが教えなくても、誰が雇い主かはわかってるんだけどね」

仁美は笑みを引っ込め、竜星を見据えた。

「星野でしょ」

突然、名前を出され、竜星の顔が強ばった。

「やっぱり、そうか。ほんと、タヌキジジイだね、あのオヤジは」

ため息をついて、唾棄《だき》する。

「狼君、人がよさそうだから、騙されてるのね。あのオヤジ、私よりもっと汚いことしてるわよ。あそこから送り込まれた若い子たちで、日本に戻ってきた子はいないから」

「つまらない嘘で僕を抱き込もうとしても無駄だ」

「嘘じゃないって。今から、一緒に行ってみる？　あなたも目が覚めるんじゃない？　といっても、これまでうちの傘下にしてくれたことは許さないけど」

仁美は竜星を見据えた。

「さあ、どうするの？　もう待てないよ。今すぐ決めな！」

どすの利いた声で見得を切った。

竜星は身構えようとした。が、希美が竜星のワンショルダーバッグを握った。

「お願い。やめて」

後ろに引っ張る。

「面倒くさいな。やっちまいな！」

仁美が声を張った。

男たちが一斉に前に出てきた。

竜星は窓の外を見た。二人を背負って、この人数は戦えない。

どうする――。

ともかく、拳を握った。

その時、ドアの方から呻きが聞こえた。

「ほら、道を開けろ！」

野太い声が聞こえてきた。ドア付近の男たちが一人また一人と倒れていく。

仁美や他の男がドアの方に気を取られた。

「希美さん、部屋の隅に！」

竜星は希美の肩を押した。が、希美は竜星の脇を抜け、つかつかと仁美に歩み寄った。

「ちょっと、あんた」

「何？」

仁美が振り向いた。希美を睨む。

希美は睨み返し、拳を固めた。

「いい加減にしなさいよ！」

怒鳴って、いきなり仁美を殴った。仁美の清楚な顔が歪み、弾け飛んだ。後方にいた男が仁美を抱いてよろけ、倒れた。

右の男がナイフを突き出してきた。竜星は希美を君枝の方に突き飛ばし、二人の間に割って入った。右脚を後ろに引いて上体を倒す。切っ先が腹の前を横切る。

竜星は右の裏拳を放った。男の顔面に炸裂《さくれつ》する。男が飛んだ。その男を避けた敵が身を低くして、竜星に迫る。

伸び上がりながらアッパーを放ってきた。竜星は後ろに飛びのいた。すぐさま重心を前に倒して体を起こし、その勢いで右足を振り上げ、真上から男の後頸部《こうけいぶ》に振り下ろす。

足の甲がヒットした。男は目を剝いて前のめりになり、顔面から床に突っ込んだ。歯が折れ、血が噴き出す。顔をつき、尻を上げてひくひくと痙攣した。

背の高い男が竜星に駆け寄ってきた。身構える。

「しゃがめ！」

その声に反応し、竜星はダッキングした。男の拳が竜星の頭上を通り過ぎた。竜星の背後に敵がいた。その敵は男の拳を喰らい、後方に弾け飛んだ。

竜星は顔を上げた。

「巌さん！」

「おう、久しぶりだな」

巌は笑みを覗かせた。

巌の右側からナイフを持った男が迫る。巌は竜星の方を見たまま、足刀蹴りを放った。男の胸元を抉る。男が後ろによろける。

竜星は立ち上がり、その男に同じように足刀蹴りを浴びせた。男の手からナイフが飛んだ。後方へ飛んだ男は仲間をなぎ倒した。

「相変わらず、強《つえ》えな」

「巌さんこそ。しかし、なんでここへ？」

「希美ちゃんの付き添いだ。それと、おまえの確保」

巌は普通に会話しながら、敵の気配を感じては突きと蹴りを巧みに繰り出し、男たちを倒していく。

竜星も巌に負けじと、敵を一人二人と倒す。

二人の怪物を前にして、残った男たちの腰が引けてきた。

「おまえ、ずいぶん荒《すさ》んだ顔になっちまったじゃねえか」

巌が睨む。

竜星は顔を背けた。

「だが、まだ人を殺しちゃいないな。このへんでやめとけ。戻れなくなるぞ」

話しながら、迫ってきた敵にワンツーを叩き込む。

「終わるつもりだったんですけど、もう一つ、どうしても外せない用事ができました」

竜星が返していると、パトカーのサイレンが聞こえてきた。

男たちがうろたえ始めた。

竜星にナイフを突き出してきた男がいた。竜星は切っ先を躱《かわ》すと同時に、男の腕をつかんだ。左腕を巻いて、肘を締め上げる。

男は少し膝を崩し、手に持ったナイフを落とした。

「巌さん、希美さんたちをお願いします」

言うなり、その男を振り回し、巌にぶつけた。

巌がよろける。その隙に男たちの合間を縫って、ドアロへ走った。

「竜星！」

巌は追おうとした。が、希美たちに迫っている男を見つけ、駆け寄った。

男の襟首をつかんで、足を払う。男が背中から落ちる。その腹を踏みつける。

男は目を剝いて呻き、気を失った。

「あのバカ……」

巌は希美たちの前に立ち、男らを睥睨した。男たちはその眼力に気圧され、後退りする。

そこに制服警官が入ってきた。後ろから私服の警察官の姿も見える。ドア口は逃げようとする男たちと警察官でごった返した。

敵を殴り倒し、私服警察官が入ってきた。

「巌さん！」

「真昌か」

巌は笑みを覗かせた。その後ろから益尾も入ってくる。

「最強の護衛とは渡久地君のことだったのか」

益尾が微笑む。

「お久しぶりです」

巌は会釈した。

「竜星は？」

益尾が訊く。

「出ていきました。こっちも相手を伸《の》すのに精いっぱいだったんで逃げられました。すみません」

「仕方ない。遠くへは行ってないだろうから」

益尾と巌が話していると、希美が口を開いた。

「星野と言ってました」

「星野？　誰かわかりますか？」

益尾が訊いた。

希美は顔を横に振った。

「俺、竜星を捜してきます！」

真昌が部屋を飛び出す。

「待て、真昌！」

益尾が呼び止めたが、真昌は振り向くことなく駆け出ていった。

「若い連中にも困ったもんだな」

益尾は苦笑した。

「とりあえず、本庁に戻ろう。渡久地君も一緒に来てくれ」

「わかりました。行こうか」

巌は希美に声をかけた。希美は首肯し、君枝の腕を支えた。

7

竜星は配管を伝って隣のビルの屋上に上がり、そこから地上へ降りた。

フードを被ったまま、人目を避けるように国道２４６号線に出る。ビル陰でスマホを出し、電源を入れた。

起動し、星野の番号を表示してコールボタンをタップした。

三度目のコールで星野が出た。

——竜星君、どうした？

「ＹＨエデュケーションを潰してきました」

——なんだって！

星野の声が引きつる。

——なぜ、そんな勝手な真似を……。

「あそこが本丸だということは、星野さんもわかっていたでしょう？　逃走資金が必要なので、今から事務所に取りに行きます」

——私はもう退社している。

「来てください。警察に捕まったら、あなたから情報と資金を得ていたこと、すべて話してしまいますよ」

竜星が言う。

少し沈黙が漂った。

——わかった。今すぐ会社に戻る。

「お願いします」

竜星は電話を切った。再び電源を切り、バッグに戻す。

道路端に出て、タクシーを拾った。一台停まり、後部ドアが開く。竜星はすぐさま乗り込んだ。

「表参道の交差点までお願いします」

告げると、運転手はメーターを倒し、目的地へ向かい始めた。

第六章

1

表参道の交差点で下車した竜星は、大通りを外れて路地を東へ進み、青山霊園の方向へ歩いていた。

街は眠りにつき、賑わっていた飲食店のシャッターも下りていた。歩いている人も少ない。

竜星はフードを取っていた。すれ違う人に怪しまれないためだ。普通の顔をして歩いていれば、そこいらの大学生か、ウォーキングしている青年のようにしか見えない。

外苑西通り手前の平行に伸びる路地に入った。周囲の様子を見ながら、ゆっくりと星野海外留学研究所が入るビルに近づいていく。

百メートルほど進んだところで、さらに細い路地に入った。

ガラス張りの瀟洒なビルが見えた。下層階のカフェとフレンチレストランはすでに閉店して、明かりが落ちていた。

見上げる。最上階の七階に明かりが灯《とも》っている。

竜星は周囲を確かめ、素早くビルの端に駆け込み、裏口へ行った。

テンキーで7を押し、インターホンを鳴らす。すぐにつながった。

「竜星です」

小声で告げる。

──今、開ける。

星野の声がし、ロックが解除される音がした。

ドアを開ける。通路は明かりがぽつりぽつりと点いているだけで薄暗い。

エレベーターホールに出る。竜星はエレベーターのボタンを押した。箱が下りてきて、ドアが開く。

竜星はセーフティーバーを押さえ、七階のボタンを押した。

手を離すと、エレベーターには乗り込まず、その横にある階段を駆け上がった。

宙を浮くように走り、七階に到達する。肩を上下させ、荒い呼吸を抑える。壁の陰に隠れ、エレベーターが到着するのを待った。

ホールを覗く。誰かが待ち伏せている様子はない。

竜星はエレベーターを待たずに、オフィスのドアに忍び寄った。ガラスのドアから中を覗く。

オフィスの明かりは半分くらい灯っているだけだ。

入口ドアを引くと開いていた。そろりと中へ入る。昼間は従業員でひしめいているオープンスペースもがらんとしている。

カウンターから奥を覗く。社長室と思われるガラス壁で仕切られたブースにひと際明るい照明が灯っていた。

ブースのブラインドカーテンが下りている。

竜星は中腰になって、机の間を縫い、ブースに近づいた。

と、ブースのドアが開いた。

「竜星君。私以外には誰もいない。入ってきなさい」

星野がオフィスに声をかけた。

竜星は体を起こした。星野は竜星を認めて微笑み、ブースへ入った。

竜星もゆっくりとブースに入る。

「ドアは開けっ放しでかまわないよ」

そう言い、星野は執務デスクの後ろにあるハイバックチェアに腰を下ろした。

「ずいぶんな騒ぎになってしまっているね」

星野はデスクトップパソコンの画面を一瞥した。

背後のガラス窓に画面が映っている。渋谷での騒動の速報だった。

「なぜ、独断で動いた？」

星野は笑顔だが、眼差しは厳しい。

「逆に訊きたい。ＹＨエデュケーションが斡旋グループの中核だということは、あなたにもわかっていたはずだ。なのに、なぜそこを狙わなかったんです？」

竜星は中へ入り、星野と対峙した。

「まだ早いと判断したからだ。幹を潰しても枝葉は残る。その枝葉はまた時を経て幹となる。根絶するためには枝葉をある程度落とした後に切り倒さなければならなかった。今回の件を知り、枝葉は地下に潜るだろう。そうなれば、炙《あぶ》り出すことは難しい」

星野はため息をついた。

「それは真意ですか？」

「当たり前だ。私は悪徳業者の根絶のため、君にこの仕事を頼んでいた。しかし、計画をはっきり伝えていなかったのは私の落ち度だ。今回の件も、君の心情を思えば仕方がないが」

「なぜ、黙っていたのですか？」

「君に余計な罪を負わせないためだ。計画を知り、行動していたとなれば、万が一、逮捕された時に計画性を問われ、罪が重くなる。頼まれて動いていただけであれば、多少は軽減されるだろう。知らないというのは時に我が身を助ける」

「つまり、僕は踊らされていたということですか？」

竜星は星野を睨んだ。

星野はやるせない笑みを滲ませた。

「君がそう取るなら、それは仕方ないが、私は君と二人三脚で業界の浄化を行なっていたと思っているよ。未来の若者たちのために」

星野は言い、竜星を見つめた。

「どうする？　このまま警察に出頭するか。電話で君が話していた通り、逃げるか」

「捕まるわけにはいかない」

竜星が答える。

星野は微笑んでうなずいた。デスクの引き出しを開ける。竜星は身構えた。

「私まで信じられなくなっているのか？」

そう言い、Ａ４の茶封筒を取り出した。封筒は膨らんでいる。

「中を見なさい」

星野がスッと差し出す。

竜星は星野を見据えたまま、封筒を取った。デスクから少し離れて、中を覗く。一万円札の束があった。帯封がついている。百万円だろう。

他にも何かが入っていた。取り出してみる。パスポートと船舶のチケットだった。

パスポートを開いてみた。竜星の双眸が見開く。

「これは……」

顔写真は竜星だったが、名前が違う。生年月日も国籍すら違っていた。

「国内で逃げ回っているわけにもいかないだろう。海外に出なさい」

「これは偽造じゃないですか」

竜星は星野を睨んだ。

「名前や生年月日は違うが、パスポート自体は正規のものだ。国は違うがね」

「なぜ、こんなものを……」

「私も海外との取引は長い。海外では一筋縄では行かないことも多くてね。そういう時は裏技を使わざるを得ない。むろん、裏技はよほどの時しか使わない。たとえば、海外でトラブルに遭い、大使館も頼れないような邦人に会った時、どうする？　そのまま現地でまごまごしているよりは、偽造パスポートでも帰国させた方がいい。海外へ出たい若者でも事情があってパスポートを取得できない者もいる。そうした若者の夢を叶えてあげるためにもこうした裏技は必要だ。ビザの取得もしかり。渡航書類もしかり。しかし、行政はどの国も書類だけきちんと揃えれば、マニュアルに従って許可を出す。救済の一つの方法と思ってくれればいい」

星野は当然のようにすらすらと話す。

竜星は封筒と偽造パスポートを握り、うつむいて震えた。

「あんた……何やってんだ！」

封筒とパスポートを足元に叩きつけた。

「そうやって、何も知らない者たちを海外へ送っていたのか？」

「何か勘違いしているのではないか？　さっきも言った通り、これは救済措置の裏技だ。悪用はしていない」

「悪用も何も、パスポートを偽造している時点で犯罪だろうが！」

竜星は怒鳴り、星野を見据えた。

と、星野が笑い声を立てた。

「おいおい、あちこちで大勢の人間に怪我を負わせた乱暴者が犯罪を問うのか？　自分は正義で、その他は不正義か？　ふざけた御託並べてんじゃねえぞ、青二才が」

星野は最後に低い声で凄み、竜星を睨み返した。

竜星はその目に星野の本性を見た。

星野がただの誠実な中年男性だとは思っていなかった。だが、若者の未来を守りたいという想いは本物だと思っていた。

しかし、どうやらそれは、竜星の独《ひと》り合点《がてん》だったようだ。

竜星は拳を固めた。

と、星野の右の二の腕が少し動いた。何かが弾ける音がする。

とっさに避けたが、竜星の太腿に何かが刺さった。瞬間、全身が痺《しび》れた。

竜星は直立した。そのままフロアに倒れる。伸びた銅線がチリチリと音を立てていた。

「すごいな、テーザー銃は」

星野は卓上フォンの内線スイッチを押した。

「いいぞ、上がってこい」

そう言い、立ち上がる。

銃器型の本体を床に落とし、デスクを回り込んで竜星の脇に立つ。

「君が強いことは知っていたからね。本場のテーザー銃を用意していた。君もナイフや実銃は想定できただろうが、テーザー銃は予測できなかっただろう。日本の警察では使われていないからね。テーザー銃の電極はきれいに直進するわけではないから、君のように正確な動きをする獣には有効だ」

話していると、男たちがブースに入ってきた。

一人が脇に屈み、電極を引き抜く。返しの付いた電極を強引に引き抜かれ、肉が抉れ、血が飛んだ。

もう一人の男が両足首を結束バンドで拘束した。うつぶせに返し、両腕を後ろにねじ上げ、手首も同じように縛った。

全身の硬直が多少緩んできたものの、まだ体は痺れている。痺れが薄まってくるにつれ、太腿からじんじんとした痛みが上がってくる。

星野はパスポートと船舶チケットを拾い、金の入った封筒に入れた。それを持って立ち上がる。

「連れてこい」

星野は先にブースから出た。

男二人は動けなくなっている竜星を抱え、オフィスを後にした。

2

真昌は南青山の路地をうろうろしていた。

竜星を捜しに飛び出した後、ビル陰で竜星らしき青年を見かけた気がした。

その青年はタクシーに乗り込んだ。

真昌はとっさにタクシーを停め、その若者を追ってきていた。

しかし、青年は路地をくねくねと進んだので、途中で見失っていた。

「ほんと、東京はさっぱりわかんねえな……」

立ち止まって、ため息をつく。

スマートフォンが震えた。立ち止まって、スマホを見る。益尾からだった。電話に出る。

「もしもし、真昌です」

——どこにいるんだ？

訊かれ、周りを見回した。電柱に住所が記されている。

「えーと、南青山ってところですね」

——なぜ、そんなところに行ってるんだ？

「いや、竜星みたいなのを見かけた気がして追いかけてきたんですが、見失いまして」

——間違いなく、竜星か？

「間違いなくと言われると、なんとも……」

真昌の返答は歯切れが悪い。

電話の向こうで小さな笑い声が聞こえた。

——一度本庁に戻って来い。

「わかりました」

真昌は電話を切った。

スマホを手に持ち、タクシーを探しながら、未練がましくうろつく。

「いねえな。帰ろうか」

ふっとガラス張りのビルが目に留まった。

「東京はお洒落だなあ」

街灯の光を浴びてキラキラ輝くビルを見て、感嘆する。

ビル前に大きなセダンが停めてある。

「こんな狭い道を、よくあんなデカい車で走るもんだなあ。東京モンは運転うまいんか？」

じろじろ見ていると、洒落《しゃれ》たスーツを身に着けた中年紳士が出てきた。スマートキーを出して、ロックを解除する。

「へえ、あの人が転がしてんのか」

何気なく見ていると、紳士は後部ドアを開けた。紳士は周りを見回していた。その挙動はなんとなくではなく、あきらかに周囲を確かめているものだった。

警察官としての目が紳士の不審な挙動を認める。真昌は電柱の陰に身を寄せた。

様子を盗み見る。ビルから何かを抱えた男が二人出てきた。

「あれは……」

両肩と両足を持たれて運ばれているのは、フードを被った男だった。

真昌が追いかけてきた人物と服装は一致している。

男たち二人が男性を後部座席に乗せた。紳士は一人にキーを渡し、リアを回り込んで反対側の後部座席に乗った。

男たちが運転席と助手席に乗る。ヘッドライトが点いた。

真昌は眩《まぶ》しさに目を細めた。一瞬、視界が白くなる。

車が動き始めた。真昌の前を通る。街灯の明かりがスモークガラスの奥を照らす。

瞬間、フードが外れ男の顔が見えた。

「竜星!」

急いで車を追いかける。腕を振った時、スマホが手から飛んだ。

一瞬立ち止まるが、車が路地を出て行こうとする。

「ちくしょう!」

真昌はスマホを放ったまま、車を追いかけた。

3

益尾は部下に〝ホシノ〟を調べさせていた。

これまでの話から、ホシノが留学関係の会社を経営している者、もしくは、その手の会社に勤めている何者かと思われた。

オフィスのデスクで、益尾自身もネットで検索していた。

と、巌が入ってきた。

益尾は巌に手を上げて見せ、招いた。巌は周りに一礼しながら益尾のデスクに近づいた。

「ホシノは見つかりましたか？」

巌が小声で訊く。

「いや、この情報だけじゃ数が多すぎてなんとも。希美さんたちは？」

「仮眠室で横になりました。疲れているようですが、気が高ぶっているからか、なかなか眠れないようで」

「なぜ、そんなに声が小さい？」

益尾が巌を見上げる。

「いや……どうも、警察は苦手でして……」

ちらちらと周りを見る。

益尾は笑った。

「君はもう足を洗い、罪を償った。それに今回は人質救出にも協力をした。堂々としていていいんだよ」

「そうなんですがね」

巌は所在なさげにきょろきょろする。

益尾は近くの椅子を取って、寄せた。

「座って」

「失礼します」

巌は椅子に座ると、太腿に手を置いて背筋を伸ばした。

「先ほど、吉野仁美以下、検挙した男たちの取り調べをした。YHエデュケーションは、正規の留学エージェントとして活動する裏で、海外の風俗店へ人材を送り込んでいたようだ。外事が一時期、YHエデュケーションと提携している会社をマークしていた」

「ほう、手の込んだ人身売買してますね」

巌の目が鋭くなる。

「君は渋谷近辺の裏社会に詳しい。何か心当たりはないか?」

益尾は巌を見た。

「海外風俗だと、織新《おりしん》興業の独壇場でしたけどね。あそこもコロナ禍で潰れたと別荘で聞きましたが」

織新興業というのは渋谷を根城にしていた暴力団で、主にキャバクラやファッションヘルスを経営していた。

その従業員の中から、借金の多い女性を選んでは海外の業者に売りつけていた。

ただ、織新興業が潰れたという情報は益尾も得ていた。

「他に心当たりはないか?」

「うーん……。俺も稼業から離れてずいぶん経ちますからね。今どきの事情はわからないですね」

「そうか」

「調べてきましょうか？」

「いや、君をそっちに戻すつもりはない。ありがとう。希美さんは、君枝さんと共に高梁市に戻ると言っていたな」

「ええ。二人ともおばあさんのことを気にしていました。仲違《なかたが》いしてるわけじゃねえんだったら、家族が共に暮らすのはいいことです」

「そうだね。悪いが、明日、高梁まで二人を送ってくれるか？　ＹＨエデュケーションの関係者は全員引っ張ったから危険はないと思うが、念のために」

「わかりました。俺はそのまま島に戻ります」

「そうしてくれ」

話していると、部下が益尾の下に来た。

「警部」

巌をちらりと見る。

「かまわん。話せ」

益尾が言うと、部下は益尾に顔を向けた。

「さっき、安里君が南青山にいるとかいないとか言っていませんでしたか？」

「ああ、真昌は勇み足で南青山まで行ってしまったようだ」

益尾が笑う。

「その南青山なんですが、そこに星野海外留学研究所というエージェントがありまして」

それを聞き、益尾と巌が真顔になる。

「安里君の目撃証言が正しくて、狼が留学エージェントを狙っていたとすれば、そこを襲いに行った可能性もあるかと」

「そうだな」

益尾はスマホを出した。すぐ、真昌に電話を入れる。四回、五回と鳴らすが、一向に出る気配がない。

益尾が立ち上がった。

「ちょっと行ってみる。君たちはＹＨエデュケーション関係者の取り調べと、他の〝ホシノ〟を続けて調べてくれ」

「わかりました」

部下が自席に駆け戻る。

「俺も同行していいですか？」

巌が立った。

「君はここで――」

「真昌と竜星の顔をよく知っているのは俺と益尾さんです。一人より二人の方が捜すにはいいでしょう?」

巌はまっすぐ益尾を見つめた。

益尾は見返した。二の腕をポンと叩く。

「無茶しないでくれよ。君は民間人なんだから」

「わかってます」

巌が笑みを見せた。

益尾はうなずき、共に部屋を出た。

4

竜星を乗せた車は晴海《はるみ》ふ頭近くの空き地に入った。広大な敷地を空港の明かりがほんのりと照らす。

敷地の奥に今にも朽ち果てそうな倉庫があった。

車はその近くまで来て停まった。パッシングすると、倉庫の扉が左右に開いた。

車がゆっくりと中へ入る。真ん中あたりまで来て、停車した。

星野は竜星が持っていたワンショルダーのバッグを助手席の男に渡した。

「スマホ内のデータを調べて、初期化しておけ。スマホは壊すな。飛ばしに使えるからな」

助手席の男が受け取った。

前席の二人が車を降りる。倉庫内には男たちが十人ほどいた。二人はその男たちの群れに親し気に近づいた。

男たちの奥には五人ほどの女性がいた。若い女性たちだ。

彼女たちは倉庫の隅にしゃがんでひと固まりになっていた。時折、怯えたように男たちを見ては小さくなって震えていた。

「あの子たちは？」

竜星が訊いた。

「おまえと同じく、晴れて海外へ出る若者たちだ」

星野が笑みを浮かべた。

「おまえと同じ船に乗る。まだ時間があるので、ここで待機してもらっている」

「待機って。彼女たち、震えているじゃないか」

「海外には不安もつきものだ」

「そういうわけじゃないだろう。あの子たちも売る気か？」

「竜星君。君は何か勘違いをしている」

星野は竜星を見やった。

「彼女らは自ら渡航を希望した。日本では得られない知見と金を求めてね。私はその手伝いをしているだけなんだよ」

「人身売買じゃないか！」

声を荒らげる。が、星野はびくともせず、涼しい顔をしていた。

「それも見当違い。海外へ出て金と知見が欲しい者。一方で、日本の女性、あるいは男性を求めている者。私はそうした人々のマッチングをしているだけだ。嫌なら断わってくればいいだけのこと。吉野仁美のグループのように無理強いはしない」

星野が語る。

「吉野が言っていた。星野のところから送り込まれた若い子たちは日本に戻ってきていないと」

「海外でがんばっているんだろう。頼もしい限りだ」

星野は煙《けむ》に巻こうとする。

「そんな話を僕が信じるとでも？」

「君は吉野君と私のどちらを信じたいんだね？」

星野はやんわりと竜星を見た。その顔は、希望にあふれる若者のためにと語っていた、誠実な星野の顔そのものだ。

しかし、今竜星が目にしている状況は、星野の負の部分を見せつけている。

「海外で暮らすには金がかかる。留学生の中には、仕方なく夜の街で働かざるを得ない者もいる。竜星君、私の下でその彼女たちの安全を守る仕事をしてみないか？」

星野が甘言を向ける。

「君が海外のエージェントと渡り合ってくれれば心強い。私も安心して、金はないが海外で研鑽を積みたいという若者たちを送り出せる。君も日本に残れば、逮捕され、刑務所に収監されるだけだ。君が刑務所に入っている数年の間、彼女たちのような哀れな若者たちがどのくらい出るだろうか」

星野は他人ごとのように話す。

「君が私を潰したところで、海外へ若者を売る連中はいなくならない。エージェントは日本人だけじゃない。外国人もいる。外国人エージェントを通して売られれば、それこそ地獄を見ることになる。竜星君、世の中きれいごとだけでは成り立たない。悪意は至る所で口を開いて待っている。何の不自由もない普通の若者たちが悪意に飲み込まれ、堕《お》ちていくのを、私は見過ごすことはできない」

詭弁だ。そうわかっていても、星野の言葉は竜星の胸の奥をくすぐる。

「根本里香さんも、うちから留学していれば、死ぬこともなかっただろう」

里香の名を聞いて、胸の奥が痛くなった。

が、その痛みが、竜星の目を覚まさせてくれた。

「そうなんだよ……」

「わかってもらえたかな？」

星野が笑顔を見せた。

「そうなんだ。単純なことだった」

竜星の言葉に星野が深くうなずく。

「要するに」

竜星は星野を見据えた。

「あんたらみたいな業者がいるから、若者が食い物にされるんだ。絶望して、死ななきゃならない人たちが出るんだ！」

竜星は首を後ろに引いた。

「おまえらは生きてちゃいけない」

頭を振った。

狭い車内で、星野は避け切れなかった。頭突きをまともに食らう。星野の鼻から血が噴き出した。

竜星は後ろ手でドアを開けた。床を蹴って、外に転がり出る。

星野が顔を押さえて降りてきた。

「てめえら！　このクソガキを殺せ！」

野太い怒鳴り声が聞こえた。

男たちは懐に手を入れた。銃を持っている。一人また一人と竜星を睨み、近づいてくる。

男たちが銃を握る腕を上げた。

竜星は背を丸めて反動をつけ、起き上がった。しゃがんだ格好で男たちを見据える。

一人が発砲した。

竜星は飛び上がって転がった。すぐにしゃがんだ姿勢になる。

男たちが竜星めがけて掃射する。竜星は転がって、弾を避ける。が、脚や腕に被弾し、血が噴き出す。弾が頬を掠めて、一文字の傷ができる。

隠れる場所がない。動き回るしか、方法はなかった。

「貸せ」

星野は近くにいた部下の銃を奪い取った。

そして、竜星に向けて発砲する。

「ほらほら、逃げろ、ウサギ野郎！　思い上がってんじゃねえぞ！」

星野は笑って怒鳴りながら、弾が尽きるまで発砲した。

空になった銃を放り投げ、また別の部下から銃を奪う。

「逃げ回れ！　みっともなく逃げ回ってみろ」

耳が痛くなるほどの銃声が倉庫内に響く。硝煙が立ち上り、ツンとした刺激臭が充満した。

竜星が弾を避けようと飛び上がった時、左肩を撃ち抜かれた。

回転し、地面に落ちる。うつぶせに落ち、顔をしたたかに打ち付ける。歯が折れ、血が噴き出す。息を吸うと砂埃が入ってきて、激しく咳き込んだ。

星野は右手を上げた。掃射が止《や》む。

銃を構えたまま、ゆっくりと竜星に近づいていく。

竜星は芋虫のように這って逃げようとした。

その背中を踏みつけられた。

「俺の言う通りに動いてりゃ、吉野のシマも全部俺のモノになったのによ。YHを潰しやがって。数十億のしのぎが吹っ飛んだんだぞ、こら！」

星野は発砲した。竜星の顔の脇で弾が弾ける。砕けたコンクリート片が竜星の顔に被った。

「おい、小娘ども！　よく見ておけ。俺に逆らったらどうなるかを」

星野は銃口を竜星の後頭部に向けた。

竜星はもがいた。だが、星野は揺らがない。

星野の指が引き金を引こうとした。

その時、倉庫の扉が轟音《ごうおん》を立てて吹き飛んだ。砂埃が舞い上がる。

星野が真横に飛んだ。竜星の上を車が通過した。車は横滑りした。リアが男の一人を弾き飛ばした。男は吹っ飛び、倉庫の壁に激突した。女性たちが悲鳴を上げる。

車はスキール音を上げて停まった。

竜星は首を傾けて、車を見た。タクシーだった。

運転席が開き、何者かが下りてきた。

「竜星！」

うつぶせに転がっている竜星に駆け寄る。

「真昌か！　なぜ！」

「おまえを見かけて追ってきたんだよ！」

真昌は竜星の足を引っ張り、車の陰に隠れた。一斉に銃撃が始まる。車のボディーに無数の穴が開いた。

真昌はポケットから十徳ナイフを取り出した。

「なんで、そんなもの持ってるんだ？」

「現場にゃ、いろいろあるだろうが。そういう時のために持ってるんだ」

ナイフを出し、結束バンドを切る。竜星の手足が自由になった。

「ずいぶんやられたな。逃げるぞ」

助手席から車に乗り込もうとする。

「待て。女の子たちがいる。助けないと」

「何言ってんだ！　おまえが死んじまうぞ！」

「残しては行けない！」

竜星は真昌をまっすぐ見やった。

真昌は大きなため息をついた。

「おまえといると、ほんと、めんどくせえ話にしかならねえな。乗れ。連中に突っ込むぞ」

真昌は言い、頭を低くして、運転席に潜り込んだ。竜星も助手席に乗り込む。

「行くぞ」

真昌が言う。竜星が首肯した。

真昌は顔を上げ、アクセルを踏み込んだ。

5

益尾と巌は南青山に来ていた。路上に覆面パトカーを停め、路地を二人で回っている。

益尾は本部で真昌の携帯電波を追わせた。

「このあたりなんだが……」

部下から送られてきたデータをスマホで見ながら、真昌のスマホの電波が確認されているあたりを探す。

「益尾さん、鳴らしてみてください」

巌が言う。

益尾は真昌の番号を鳴らしてみた。

と、どこからかカチャーシーが聞こえてきた。

「わかりやすい着信音だな」

巌は苦笑し、音の出所を探した。

マンション脇の植え込みの奥から鳴っている。巌は枝葉を掻き分け、中を見てみた。

スマホがあった。取り上げる。ディスプレイには益尾の名が表示されていた。

「益尾さん、ありました！」

スマホを上げる。

益尾は電話を切って、巌に駆け寄った。

巌はスマホを縦に横に見ていた。

「なぜ、こんなところに……」

「さあ、わかりませんが、事故に遭ったとかそういうことではなさそうですね。落ちた時に傷は入ったようですが、ディスプレイのガラスも割れていませんし」

巌は真昌のスマホを益尾に渡した。益尾も確認し、小さくうなずく。

「ともかく、このあたりにいたことは確かだな。ということは、真昌が追ってきた竜星らしき者もこのあたりに来たということか」

益尾はガラス張りのビルを見やった。

「このビルに星野海外留学研究所は入っている」

益尾の言葉に、巌の眼差しも鋭くなる。

と、益尾のスマホが鳴った。

部下からだ。すぐに出る。

「どうした？」

――安達竜星の携帯電波を捕捉しました！

益尾の目つきが鋭くなった。

「どこだ？」

――晴海ふ頭から西二百メートルほどのところです！

「わかった！　所轄に連絡を取ってくれ！　捕捉データはタブレットに送ってくれ」

益尾は指示した。

「どうしました？」

「竜星の携帯電波が見つかった。行くぞ」

益尾が走り出す。巌も続いた。

6

真昌はハンドルを握りしめ、女性が固まっている倉庫の端に向け、速度を上げた。

「何する気だ！　危ない！」

竜星がハンドルを握ろうとする。

「黙ってろ！」

真昌は手を払いのけ、フロントガラスの先を見据えた。

「頭、下げろ！」

真昌が怒鳴る。

竜星は首を引っ込めた。真昌も頭を下げた。

正面に立っていた男が発砲してきた。フロントガラスにヒビが入り、割れる。粉になったガラス片が二人の頭に降ってくる。

「捕まってろ！」

真昌が声を張る。

竜星は腕を伸ばして、アシストグリップをつかんだ。

真昌はブレーキを踏んだ。同時に左にハンドルを切る。リアが左に回転する。トランクの側部が発砲していた男の左側面を弾き飛ばした。

男は弾き飛ばされ、浮いた状態から地面に叩きつけられ、二回三回と転がり、フロアに沈んだ。

車が百八十度回転したところで、右にハンドルを回し、カウンターを当てた。

車はもう九十度左に回り、横滑りした。女性が固まっている場所に迫る。女性たちは抱き合って身を竦め、迫ってくる車を凝視した。

タイヤが軋む。車の右側のタイヤが少し浮き上がり、ボディーが傾く。竜星の体がドアに押し付けられる。

車は砂埃を上げて横滑りする。そして、停まった。

竜星は体を起こした。窓から女性たちの方を見る。ギリギリのところで停まっていた。

「竜星、女性たちを早く！」

真昌が大声を出す。

竜星は助手席のドアを開けた。

「後ろに乗って！」

しかし、女性たちは固まったまま動けない。

竜星は車から出た。女性たちの下に駆け寄り、抱えようとする。だが、女性は竜星の手を振り払った。

「僕らは敵じゃない！」

そう言うが、女性たちはみな、竜星を拒むように睨んだ。

スキール音がした。星野の車が動き出した。真昌が運転しているタクシーにフロントを向ける。

そして、急発進した。

真昌はサイドブレーキを引いてアクセルを踏み込み、ハンドルを切って車を回転させた。開けっぱなしの助手席のドアが閉まった。フロントを相手の車に向ける。

タイヤが高速で回り、白煙を上げる。ゴムの焼ける臭いが漂う。

真昌はサイドブレーキを外した。急発進したタクシーは、星野の車めがけて突進した。

「真昌！」

竜星の叫び声が倉庫に轟いた。

真昌はギリギリまでアクセルを踏んだ。星野の車の運転手は避けようとハンドルを切った。

真昌は衝突する寸前、ドアを開け、車から飛び降りた。

タクシーは星野の車の斜め左に突っ込んだ。力がぶつかり合い、互いの車が跳ね上がる。タクシーはフロントが潰れて停まった。

星野の車は右に傾いて倒れた。右斜めに転がり、倉庫の壁に激突する。給油口が歪んで外れ、ガソリンが漏れ出した。

モーター用のリチウム電池から液漏れし、発火する。その火が気化したガソリンに引火した。

すさまじい爆発が起こった。

竜星は女性たちに覆い被さった。

跳ね上がった車体が倉庫のドアを突き破った。そこから火柱が上がる。

熱風がフロアをさらう。女性の髪の先がチリっと焼ける。

フロアの状況を見る。男たちが何人か倒れている。火だるまでもんどりうっている男もいる。星野や他の無事な男たちも、熱風や瓦礫《がれき》を浴び、右往左往していた。

車がぶつかった壁に穴が空いている。

「あっちだ！」

竜星が指を指す。

女性たちが壁の穴に目を向けた。

「今しか逃げ出す時はない！　みんな、立って！　生きるんだ！」

竜星は腹の底から叫んだ。

一人の女性が立ち上がった。と、次々と女性たちが立ち上がる。

竜星は先頭を走った。女性たちを壁の穴に導く。

「早く！」

竜星は穴と外の狭間《はざま》に立ち、右腕を大きく振った。

最後の女性が穴から出ようとした時、銃声が轟いた。女性の肩を掠める。女性の膝が崩れそうになる。

竜星は女性を支えた。一人の女性が戻ってきて、傷を負った女性の腕を持つ。

竜星はフロア内に振り向いた。男は女性たちを再び銃で狙っている。

「逃げて！　とにかく走って、ここから離れて！」

竜星は女性たちを隠すように立つと、銃を構えた男に突進した。

男はいきなり迫ってくる竜星に動揺した。発砲したが、弾は明後日《あさって》の方向に外れた。

竜星はジグザグに走った。脚の傷が開き血がしぶく。全身が軋んでいる。しかし、アドレナリンが出て、痛みを感じない。体も軽い。

男の顔が引きつる。めったやたらに撃ちまくり、弾が切れた。

竜星は走りながら腰を落とした。そして大きく左脚を踏み込み、右のオーバーフックを繰り出した。

拳が顔面にめり込んだ。頰骨が砕ける感触が伝わる。腕を振り切ると、男は後方へ吹き飛び、半回転してフロアに沈んだ。

竜星は炎の明かりが揺れる中、敵を捜した。目に留まると、そこへまっすぐ走る。銃口を向けられると、左右にステップを切る。

距離が詰まった瞬間、強烈なパンチや蹴りを放ち、一撃で敵を倒す。

それはまさに獲物を喰らう狼そのものだった。

炎の影から竜星を狙う銃口が覗いていた。竜星は別の敵をロックオンし、気づいていない。

男の指が引き金を引こうとした。

その時、発砲音がした。竜星が音のした方を向く。

真昌が銃を握っていた。男の腕を撃ち抜いている。続けて、発砲する。

真昌の放った弾丸は男の太腿を貫いた。男は倒れ、脚をつかんでもんどりうった。

真昌は竜星が対峙していた男の脚も撃ち抜いた。男が顔をしかめて片膝を落とす。

竜星は駆け寄り、回し蹴りを浴びせた。

男は横倒しになり、バウンドして沈んだ。手から銃がこぼれる。竜星はその銃を取った。

真昌が駆け寄る。

「おまえはこれを握っちゃいけない」

そう言い、銃をもぎ取った。

フロアを見回す。星野の姿がない。

「逃げたか？」

竜星がつぶやく。

と、壊れた倉庫の扉の方から声が響いた。

「逃げるわけねえだろうが、ガキども！」

星野が立っていた。その後ろに、男たちが立っていた。二十人はいる。外国人が多い。

「恥かかせやがって。てめえら、生かしちゃおかねえぞ、こら！」

星野が怒鳴り、右腕を上げる。

男たちが一斉に銃口を起こした。

竜星と真昌はあわてて壊れたタクシーの後ろに飛び込んだ。

無数の発砲音が炸裂する。二人は頭を抱えて、体を沈めた。

「なんなんだ、あのおっさんは！」

「どういう人間かわからなくなったが、とりあえず、敵であることに違いはない」

竜星はちらちらと車体の脇から扉の方を見やる。男たちは横に広がり、弾幕を浴びせていた。その一歩後ろを星野が勝ち誇ったようについてくる。

「くそう……。動けないな」

竜星は車体に背を当てた。

と、真昌がトリガーガードに指を引っかけ、竜星に銃を差し出した。

「本当は一般人が握っちゃいけねえんだが、緊急事態につき許す」

真昌がにやりとする。

「どうするつもりだ？」

竜星は銃を受け取った。

「あいつらを引き寄せたら、腰を落としたまま後ろに下がる。合図したら、おまえは身を低くしたまま、弾が尽きるまで引き金を引け。俺はこいつの給油口を狙って、爆発させる」

「そんなことできるのか？」

「それしかねえよ。できなきゃ、二人でオダブツだ」

「なら、やるか」

竜星は上体を起こした。しゃがんだ状態で扉の方を向く。真昌も同じ体勢を取った。

十徳ナイフの先で給油口のカバーだけを開けておく。

真昌と竜星は顔を見合わせてうなずき、その体勢のままゆっくりと後ろに下がった。

真昌は車体の脇から敵の距離を見ていた。じりじりとタクシーに迫ってくる。男たちはタクシーを取り囲むように両サイドを先に進め、半円形に並びだした。

「やれ!」

真昌が合図をした。

竜星は立ち上がり、引き金を引いた。手に反動が伝わり、痺れる。弾かれないよう、腕を伸ばし、引き金を引き続ける。

敵はいきなり発砲され、隊列を崩し、腰を落とした。

真昌は給油口に狙いを定め、片膝をついて引き金を引いた。

弾が当たる位置を確認しながら、少しずつ右へ腕をずらしていく。

竜星が握っていた自動拳銃のスライドが上がった。引き金を引いても弾が出ない。

「真昌!　切れた!」

竜星は怒鳴ってしゃがんだ。

真昌の放った銃弾が給油口の蓋を弾き飛ばした。真昌はその位置で腕を固め、立て続けに引き金を引いた。

弾丸が給油口のど真ん中を貫いた。

「伏せろ!」

真昌が叫んだ。

竜星も頭を抱え、フロアに伏せた。

やや間があった。男たちが沈めた腰を伸ばした時だった。

爆発音が轟いた。炎と瓦礫が噴き上がる。あちこちで悲鳴や呻きが聞こえる。火の点いた瓦礫が竜星と真昌にも降りかかる。

爆発は二度起こった。倉庫内は炎の閃光《せんこう》で赤白く照らされた。

真昌のスーツの上着に火が点いた。真昌はあわてて上着を脱ぎ、床に叩きつけた。裾が焦げている。

「あーあ。このスーツ、高かったんだけどなあ……」

ぶつくさ言って、立ち上がる。

竜星もやおら立ち上がった。フロアを見回す。迫ってきた男たちは、隊列のまま扇状に倒れていた。

歩きだそうとする。が、片膝が崩れそうになり、体が傾く。真昌がとっさに竜星を支えた。

「おまえ、射撃うまいんだな」

竜星が言う。

「こらこら。組対の刑事だぞ、俺は」

真昌がにやりとした。

「銃を連射したら、手が痛《いて》えだろ」

「そうだな。こんなに反動があるとは思わなかった。まだ痺れてる」

「弾かれなかっただけ、たいしたもんだ。反動で肩を脱臼するヤツもいるしな」

「そんなにすごいんか」

「ああ、そんなにだ」

真昌は笑い、全体を見回した。

「まあ、このくらい暴れりゃあ、所轄も駆けつけてくれるだろう。空港も近いしな。あとは任せよう」

真昌は言い、竜星の脇を担いで歩きだした。竜星も足を引きずりながら、扉へ向かう。

途中、倒れている星野の横に来た。竜星は立ち止まった。

星野の右腿に大きめの車体の破片が刺さっていた。スーツは飛び散った破片で裂け、腕や顔にも無数の傷がある。

「てめえら……さっさと殺せ」

星野が竜星と真昌を睨む。

「俺は警官だから殺さないよ。竜星、どうする？」

「僕も殺さない。殺す価値もない。刑務所で自分がしてきたことを悔いてくれればいい」

冷たい目を向ける。

「殺しとかねえと、てめえらを狙うぞ」

星野がうそぶく。

竜星は星野を見下ろした。

「いつでもどうぞ。返り討ちにするんで」

「俺も同じく」

真昌は笑って見せた。

複数のサイレンの音が聞こえてきた。赤色灯が空き地に舞う。

竜星と真昌はゆっくりと扉に向かった。

覆面パトカーが一番近くで停まった。降りてきたのは益尾と巌だった。

「二人とも無事だったか」

益尾が笑顔を覗かせる。

「何度か死んだと思いましたけど」

真昌が安堵の笑みを浮かべた。

「にしても、派手にやらかしたなあ」

巌が現場を見て、目を丸くした。

「僕がやらかしたわけじゃなくて、相手が無茶苦茶だっただけです」

竜星が言う。

「まあ、許される話じゃないが――」

話していると、突然、益尾が銃を抜いた。巌の目つきも鋭くなる。

益尾は竜星に向け、発砲した。

竜星と真昌は身を強ばらせた。

放たれた銃弾は竜星の頬を掠め、後方に飛んだ。短い悲鳴が聞こえる。

二人は振り向いた。

星野が立っていた。銃を竜星に向けている。しかし、その眉間には赤い穴が開いていた。

星野は目を見開いたまま、ゆっくりと仰向けに倒れていった。

「最後まで油断しないことだ」

益尾が銃をしまう。

「びっくりした。益尾さんが竜星を撃ち殺すのかと……」

真昌が大きく息を吐く。

「そんなわけないだろう。それよりも、竜星。問題が起こった時は一人で何とかしようとするな。おまえの携帯電波を拾えなければ、本当に殺されていたかもしれん」

「すみませんでした……」

「とりあえず、傷の治療。そのあとは、狼について詳しく話してもらう」

言うと、益尾は手錠を出した。竜星の左腕を取り、手首に手錠をかける。

「益尾さん！　手錠をかけることはないでしょう！」

真昌が睨んだ。

益尾は竜星を正視した。

「竜星。自分のしたことの重みをしっかりと感じておけ。正義のためでも暴力は暴力だ。正義を貫きたいなら、そうした仕事に就け」

そう言い、真昌から竜星を引き離した。巌が竜星の脇を支える。

「益尾さん！　いくらなんでも――」

食ってかかると、益尾は真昌の右腕を取った。もう片方の輪を真昌の右手首にかける。

「なんで、俺まで！」

「警察官たるもの、連絡手段を持たずに単独行動を取るなど言語道断！　一人の無謀な行動が全員を危険に晒す。我々が現場に到着した時、相手のほとんどが倒れていたからよかったものの、もしこの人数が動けるうちに所轄の警察官が到着していたら、どうなっていたと思う？」

益尾は倒れた男たちと足元に転がる銃器に目を向けた。

真昌は反論できなかった。

「単身で挑まなければならない場面はある。だが、その際にも、できうる限り味方に被害が出ないようにと考えて動くこと。それが一般人ではなく、警察官が持つべき思考だ」

益尾はチェーンを握った。

「おまえたち、手当てが終わったら、同じ留置場に入れてやるから、頭を冷やせ」

そう言い、覆面パトカーへ引っ張っていく。

「巌さん……。なんか言ってくださいよ」

真昌は悔しそうに小声で言う。

「あまりにもっともな正論だから、何も言えん。素直に反省しとけ」

巌は竜星の肩に通した腕を伸ばし、真昌の後ろ頭を軽く小突いた。

真昌は頭をさすり、巌を睨みつけた。

竜星はホッとして、思わず笑みをこぼした。

しばらく忘れていた、心の底から安心してこぼれた笑みだった。

エピローグ

三カ月後、竜星は収容されていた東京拘置所を出た。

面会出入口に立っていたのは楢山だった。

「ご苦労さん」

楢山は右手を上げた。竜星は楢山に歩み寄った。

「迎えにまで来てもらって、すみません。迷惑かけました」

深々と頭を下げる。

「ほんと、大迷惑だ。まさか、小菅《こすげ》に息子を迎えに来るとは想像もしなかった」

楢山は竜星の頭を軽く叩いた。小菅とは東京拘置所の呼び名だ。

「まあでも、執行猶予五年でよかったじゃねえか。証言してくれたみんなに感謝しろよ」

楢山は竜星の頭をくしゃくしゃと撫でた。

竜星はうなだれた。

裁判は、懲役《ちょうえき》三年執行猶予五年で結審した。竜星の起こした暴行傷害行為や住居侵入などの罪は問われたが、海外の売春組織に売られそうになっていた若者を救ったり、国内の組織を壊滅に追い込むきっかけを作ったりと、被害を未然に防いだ点が考慮された。前科がなかったことも幸いした。

「車はねえから、駅まで歩くぞ」

檜山が杖をついて歩きだした。竜星も少し後ろで続く。

「よかったのかな……」

「何がだ？」

肩越しに後ろを見て、訊く。

「僕の罪状だと懲役三年は短すぎる。それに執行猶予までついて、僕はこうして社会に戻ってる。軽すぎるような気がして……」

「おまえなあ。罪人は普通、罪が軽くなったら喜ぶもんだぞ」

「喜ぶというのも……」

「おまえ、旅に出たわりには変わらねえな。そのぐじぐじしてるところはよ。ちょっと付き合え」

檜山は駅からは離れる西方面に歩きだした。

「どこ行くの？」

「いいから来い。おっ、あそこに販売機があるから、飲み物買ってこい。俺はコーヒーでいい」

そう言い、竜星に小銭を渡す。竜星は少し先にある自動販売機に走り、缶コーヒーを二つ買った。

楢山は竜星に缶を持たせたまま、首都高速中央環状線の高架下の道路を渡り、緑映える土手の階段を上がった。

上りきると、その先に広い川が広がっていた。陽光を浴び、きらきらと輝いている。

「荒川《あらかわ》だ。小菅に来た時はよく息抜きで来てた。久しぶりだな」

楢山が芝に腰を下ろした。

竜星も楢山の隣に座る。土手の上の道にはランニングや散歩をしている人がいる。河川敷の野球場では少年野球のチームが試合をしている。

人の息吹を感じる場所だが、どこかのんびりとしていて心地よい。

楢山が右手を出す。竜星は缶コーヒーを渡した。楢山はタブを開けると、ごくごくと喉を鳴らし、半分ほど飲んだ。

竜星もタブを開け、少し飲む。緊張を解かれたからか、冷えた甘いコーヒーがやけにうまい。

空を見上げた。

「ここ、空が高いなあ」

「何もねえからな」

楢山は笑ってコーヒーを飲み干し、空になった缶を潰した。

「おまえ、星野の下で悪徳業者を潰していた時、何をどう感じていた？」

楢山が川に目を向けたまま、訊ねる。

竜星は缶を両手で握り、手元を見つめた。

「正直に言っていい？」

「正直に言え」

楢山が返す。

竜星は顔を上げた。

「星野さんのデータはほぼ間違っていなかった。悪徳業者だったから、潰してもかまわないと思う一方で、本当にいいのかと思ったところもあった」

「なぜ、やめられなかった？」

「一つでも悪徳業者が減れば、世の中の役には立つと思ったから」

「暴れている時、どんな感情だった？　つらかったか？　それとも高揚したか？」

楢山が訊くと、竜星はもう一度缶を握った。

「つらくはなかった。でも、高揚感はあった」

「だろ？　怒りを持った正義感に突き動かされた暴力というのは、時として高揚感を高めてしまう。それは麻薬と同じでな。そいつに溺れると、ただのならず者に成り下がっちまう。そうなりゃ、おまえの正義は通じなくなる。竜司はそうじゃなかったぞ。比較されるのは腹立たしいだろうがな。あいつは常に自分の高揚感を律していた。ある一度を除いてはな」

「ある一度？」

「前の奥さんと娘が殺された時だ」

楢山が言う。

「えっ」

竜星は顔を上げた。

「紗由美ちゃんと知り合う前、あいつは結婚していた。娘もいた。だが、当時捜査をしていた麻薬組織の人間にマンションごと吹き飛ばされた。あいつの沸点が切れたのは後にも先にもその時だけだ」

「竜司さんは……父さんはどうしたの？」

「相手の組織に単身で殴りこんで、大将の首を持って帰った」

楢山は思い出しながら缶を握った。

「まさに修羅だったよ。人間の心を失った修羅は死のうとした。それを俺が止めた」

楢山の話に、竜星は言葉が出なかった。

「その竜司を人間に引き戻したのが、紗由美ちゃんだ」

「母さんが……」

「一度、修羅に堕ちると、人間に戻るには何年、何十年とかかる。元に戻れねえ連中も腐るほど相手にしてきた。あれは、見ててつれえぞ。俺も紗由美ちゃんも、おまえを修羅にはしたくない。なってほしくない。つれえからな」

「……どうすればいいのかな。時々、怒りを抑えられなくなる時がある。正義感に高揚することがある」

竜星がうなだれる。

「わけのわからねえ怒りやら正義感に支配されそうになったら、思い出せ」

楢山は竜星の肩を抱いて、寄せた。

「おまえには、おまえを大事に思っている家族がいる。先輩がいる。親友もいる。そいつらの温《ぬく》もりがおまえを止めてくれる」

そう話し、肩を揺らす。

「家族、先輩、親友……」

竜星は目を閉じた。

真昌、巌、内間、益尾、愛理や木乃花、節子、楢山、そして紗由美——。

いろんな人の顔が浮かんできた。自然と口元に笑みがこぼれる。

竜星は目を閉じたまま、小さくうなずいた。

楢山はそれを見て微笑み、背中を叩いた。

「よし！　行くぞ！」

片足で立ち上がり、杖をつく。

「島へ帰るの？」

「バカ。せっかくここまで来たんだ。スカイツリーに寄っていくぞ」

「観光？　僕、拘置所を出たばっかなんだけど」

「なんか、かんざし屋があるらしくてよ。そこでかんざし買ってこいという指令が出てるんだよ、紗由美ちゃんとおばあから。というわけだから、さっさと行くぞ。途中でこれ捨てとけ」

空の缶を投げてよこす。そして、さっさと歩き始める。

「待てよ、父さん！」

竜星は急いで楢山を追った。

楢山の背中を追いかけながら、竜星は少しだけ、胸の奥に溜まっていた何かが軽くなった感じがしていた。


（続く）

本作品は、ｗｅｂサイト「ＢＯＣ」に二〇二四年九月から二〇二五年一月まで連載された「新もぐら伝～狼～」を加筆、修正した文庫オリジナルです。

また、この物語はフィクションであり、実在の人物・団体とは一切関係がありません。

中公文庫

もぐら伝《でん》　～狼《ろう》～

2025年3月25日　初版発行

著　者　矢《や》月《づき》 秀《しゅう》作《さく》

発行者　安 部 順 一

発行所　中央公論新社
〒100-8152　東京都千代田区大手町1-7-1
電話　販売 03-5299-1730　編集 03-5299-1890
URL https://www.chuko.co.jp/

ＤＴＰ　平面惑星
印　刷　大日本印刷
製　本　大日本印刷

Published by CHUOKORON-SHINSHA, INC.
Printed in Japan　ISBN978-4-12-207635-8 C1193

中公文庫既刊より

各書目の下段の数字はISBNコードです。978-4-12が省略してあります。

や-53-9
リンクス
矢月秀作
最強の男が、ここにもいた！　動き出す、湾岸の守護神――。大ヒット「もぐら」シリーズの著者が放つ、高速ハード・アクション第一弾。文庫書き下ろし。
205998-6

や-53-10
リンクスⅡ Revive
矢月秀作
レインボーテレビの爆破事故に巻き込まれ世を去った、巡査部長の日向太一と科学者の嶺藤亮。だが、二人は新たな特命を帯びて、再びこの世に戻って来た……⁉
206102-6

や-53-11
リンクスⅢ Crimson
矢月秀作
レインボーテレビに監禁された嶺藤を救出するため駆けつけた日向の前に立ちはだかる、最凶の敵・クリムゾン。その巨大な陰謀とは⁉　「リンクス」三部作、堂々完結！
206186-6

や-53-13
A《ア》I《イ》O《オ》民間刑務所（上）
矢月秀作
20××年、日本で設立・運営される初の民間刑務所「AIO第一更生所」。そこに渦巻く経営者、議員、刑務官、囚人たちの欲望を戦慄的に描いた名作、遂に文庫化。
206377-8

や-53-14
AIO民間刑務所（下）
矢月秀作
「AIO第一更生所」に就職した同期たちが遭遇した惨劇とは……。「もぐら」「リンクス」の著者が描く、近未来アクション&バイオレンス！〈解説〉細谷正充
206378-5

あ-78-4
蚕の王
安東能明
昭和二十五年、静岡県で発生した一家殺害事件・二俣事件。警察と司法が組んで行われた「拷問捜査」の実態とは？　この国の闇に迫る、事実に基づく衝撃作。
207575-7

か-74-6
ゆりかごで眠れ（上）新装版
垣根涼介
直木賞作家の、揺るぎなき原点！　南米コロンビアから娘とともに来日したマフィアのボス、リキ・コバヤシ。その目的は警察に囚われた仲間の奪還と復讐。
207462-0

か-74-7
ゆりかごで眠れ（下）新装版　垣根涼介
安らぎを夢見つつも、憎しみと悲しみの中でもがき彷徨う男と娘。血と喧噪の旅路の果てに待つのは、不条理で切ない結末なのか。〈解説〉佐藤　究
207463-7

た-81-5
テミスの求刑　大門剛明
監視カメラがとらえた敏腕検事の姿。手には大型ナイフ、血まみれの着衣。無実を訴えて口を閉ざした彼に下る審判とは？　傑作法廷ミステリーついに文庫化。
206441-6

た-81-6
両刃《りょうじん》の斧《おの》　大門剛明
未解決殺人事件の犯人が殺された。容疑者は十五年前に娘を殺された元刑事。事件の裏に隠されたあまりに悲しい真実とは。慟哭のミステリー。文庫書き下ろし。
206697-7

と-26-9
ＳＲＯ Ⅰ 警視庁広域捜査専任特別調査室　富樫倫太郎
七名の小所帯に、警視長以下キャリアが五名。管轄を越えた花形部署のはずが——。警察組織の盲点を衝く、連続殺人犯を追え！　新時代警察小説の登場。
205393-9

と-26-10
ＳＲＯ Ⅱ 死の天使　富樫倫太郎
死を願ったのち亡くなる患者たち、解雇された看護師、病院内でささやかれる『死の天使』の噂。ＳＲＯ対連続殺人犯の行方は。待望のシリーズ第二弾！　書き下ろし長篇。
205427-1

と-26-11
ＳＲＯ Ⅲ キラークィーン　富樫倫太郎
ＳＲＯ対〝最凶の連続殺人犯〟、因縁の対決再び!!　東京地検へ向かう道中、近藤房子を乗せた護送車は裏道へ誘導され——。大好評シリーズ第三弾、書き下ろし長篇。
205453-0

と-26-12
ＳＲＯ Ⅳ 黒い羊　富樫倫太郎
ＳＲＯに初めての協力要請が届く。自らの家族四人を殺害して医療少年院に収容され、六年後に退院した少年が行方不明になったというのだが——。書き下ろし長篇。
205573-5

と-26-19
ＳＲＯ Ⅴ ボディーファーム　富樫倫太郎
最凶の連続殺人犯が再び覚醒。残虐な殺人を繰り返し、日本中を恐怖に陥れる。焦った警視庁上層部は、ＳＲＯの副室長を囮に逮捕を目指すのだが——。書き下ろし長篇。
205767-8

各書目の下段の数字はＩＳＢＮコードです。978－4－12が省略してあります。

と-26-35
ＳＲＯ Ⅵ 四重人格
富樫倫太郎
不可解な連続殺人事件が発生。傷を負ったメンバーが再結集し、常識を覆す新たなシリアルキラーに立ち向かう。人気警察小説、待望のシリーズ第六弾！
206165-1

と-26-37
ＳＲＯ Ⅶ ブラックナイト
富樫倫太郎
東京拘置所特別病棟に入院中の近藤房子がいよいよ動き出した。見込んだ担当看護師を殺人鬼へと調教し、ある指令を出したのだ。そのターゲットとは――。
206425-6

と-26-39
ＳＲＯ Ⅷ 名前のない馬たち
富樫倫太郎
相次ぐ乗馬クラブオーナーの死。事件性なしとされるも、どの現場でも人間と同時に必ず馬が一頭逝っている事実に、ＳＲＯ室長・山根新九郎は不審を抱く。
206755-4

と-26-45
ＳＲＯ Ⅸ ストレートシューター
富樫倫太郎
ついに1ｓｔシーズン完結⁉ 悪魔的な連続殺人鬼・近藤房子、最後の闘い。怒濤の結末を見逃すな、大人気シリーズ第9弾！ 文庫書き下ろし。
207192-6

と-26-36
ＳＲＯ episode0 房子という女
富樫倫太郎
残虐な殺人を繰り返し、ＳＲＯを翻弄し続けるシリアルキラー・近藤房子。その生い立ちとこれまでが、ついに明かされる。その過去は、あまりにも衝撃的！
206221-4

と-26-46
ＳＲＯ neo Ⅰ 新世界
富樫倫太郎
最凶シリアルキラー近藤房子が育てた、非情な殺人鬼が誕生！ 宗教団体によるテロ事件から三年、ＳＲＯは新たな局面に。待望の新章始動。文庫書き下ろし。
207470-5

は-61-1
ブルー・ローズ（上）
馳 星周
青い薔薇――それはありえない真実。優雅なセレブたちの秘密に踏み込んだ元刑事の徳永。身も心も苛む、背徳の官能の果てに見えたものとは？ 新たなる馳ノワール誕生！
205206-2

は-61-2
ブルー・ローズ（下）
馳 星周
すべての代償は、死で贖え！ 秘密ＳＭクラブ、公安警察との暗闘、葬り去られる殺人……。理不尽な現実に、警察組織に絶望した男の復讐が始まる。
205207-9